Träume als würdest
du ewig Leben.
Lebe als würdest
du Morgen sterben...

---- James Dean ----

Hallo liebe Leseratte...

Mein Name ist Bianca Pferrer und ich bin zarte 37 Jahre jung.

Ich bin gebürtige Badnerin. Geboren 1980 in Karlsruhe, aufgewachsen in Karlsruhe, wohnhaft in Karlsruhe.

Mit 12 Jahren lernte ich meine große Liebe Markus kennen. Mit 18 Jahren lernten wir uns Lieben, und im Jahr 2000 kam unser Sohn Justin zur Welt.

Mr. Kaugummi ist mein Drittes Werk.

Weitere Bücher von mir, findet ihr unter dem Titel:

Hallo Alex...!!

Kalea und Keahi
Wiedergeboren im Zeitalter des Mondzirkel

Biografische Information der Deutschen Nationalbibliothek:
Die Deutsche Nationalbibliothek verzeichnet diese Publikation
in der Deutschen Nationalbibliografie. Detaillierte
Bibliografische Daten sind im Internet über dnb.dnb.de
abrufbar.

TWENTYSIX- der Self-Publishing-Verlag
Eine Kooperation zwischen der Verlagsgruppe Random House
und BoD - Books on Demand

©2018 Bianca Pferrer

Herstellung und Verlag
BoD – Books on Demand, Norderstedt

ISBN: 9783740744632

Kapitel Auswahl

Kapitel 1   Mr. Kaugummi
Kapitel 2   Mein erster Fall
Kapitel 3   AZ. 47111506 L. Summers,
                ein schwieriger Fall
Kapitel 4   Das erste Wort
Kapitel 5   Codewort Tennisspielen
Kapitel 6   Auch Konsequenzen haben Konsequenzen
Kapitel 7   Wenn die Vergangenheit dich einholt
Kapitel 8   Unschuldig bis die Schuld bewiesen ist
Kapitel 9   Die Blondine
Kapitel 10 Die Verhandlung

Kapitel 1
Mr. Kaugummi

Herzlichen Glückwunsch und Willkommen in unserer Firma

Ich starre das Schreiben an. Kann es nicht glauben, ich wurde eingestellt.

Ihre Bewerbung hat uns aus zahlreichen Bewerbern am meisten überzeugt.

Jetzt beginnt ein neuer Abschnitt in meinem Leben.

Melden sie sich Montag, 8 Uhr, auf Stockwerk 5 bei Ms. Classen.

Jetzt bin ich eine vollwertige Sozialarbeiterin, denke ich, Hannah Smith, 22 Jahre, frisch vom College, auf dem ich Sozialpädagogik studierte.
Aufgeregt hüpfe ich durch das Wohnzimmer.
„Was ist denn mit dir los?"
fragt Mia, meine Mitbewohnerin, und hüpft mit mir mit.
Ich halte ihr das Schreiben unter die Nase und sie fängt an zu kreischen.
„Lass uns Feiern gehen!" beschließt sie als sie sich wieder beruhigt.
Mia nutzte jede Gelegenheit zum Party machen,
Abschluss College- wir feiern..
Mietvertrag abgeschlossen- wir feiern..
Umzug erfolgreich- wir feiern..
sie ist wieder Single- wir feiern..
Da ist es keine Überraschung für mich dass sie Lust auf Feiern hat.

Das ganze Wochenende war ich so aufgeregt das ich kaum etwas gegessen hatte.
Montag morgen stehe ich schon um 6 Uhr auf. Mehrmals wechsele ich mein Outfit, entscheide mich schließlich für ein schwarzes Kostüm mit Rock, weiser Bluse und Riemchenpumps. Ich stecke mir meine Haare hoch und lege dezenten Lippenstift auf.
Oh Gott ich sehe aus wie meine Mom,
denke ich als ich mich im Spiegel betrachte.
Nach einem schnellen Blick auf die Uhr, bemerke ich aber dass es bereits zu Spät ist zum umziehen.
Mensch Hannah, musst du immer so herum trödeln?
Ich schenke mir meinen Kaffee in einen To Go Becher, beiße von meinem Donut ab und haste zum Auto.
Tief Durchatmen,
spreche ich mir selbst Mut zu als ich vor dem Fahrstuhl stehe und hinein gehe.
Gerade als sich die Tür schließen wollte, steckt jemand seine Hand durch die Öffnung und verhindert dass sie zu ging. Erschrocken schaue ich ihn an als er den Fahrstuhl betritt.
„Guten Morgen," begrüße ich ihn.
Er mustert mich nur und drückt die Taste 5.
Wortlos fahren wir in die fünfte Etage. Die kurze Fahrt kommt mir wie eine Ewigkeit vor. Der Typ, der nicht mal guten Morgen sagen konnte, lehnt sich gegen die Wand, hat seine Hände in den Hosentaschen, starrt auf den Boden und kaut Kaugummi.
Ich atme schwer und schaue dabei in seine Richtung.
Er blickt auf und formt mit seinem Kaugummi eine Blase.
Die Blase platzt, die Fahrstuhltür öffnet sich, er zwinkert mir zu und verlässt als erstes den Aufzug. Ich muss meine Augen verdrehen als ich ihm folge.
Direkt vor dem Fahrstuhl befindet sich eine riesige Glasfront, dessen Tür sich am hinteren Ende befindet. Er scheint ebenfalls

hier einen Termin zu haben, denn er öffnet die große Tür,
beinahe wäre sie mir ins Gesicht geknallt, da er ohne Rücksicht
einfach losgelassen hatte. Wieder höre ich das platzen der
Kaugummiblase. Ohne die Dame an der Anmeldung zu
beachten setzt er sich auf einen der Stühle an der Wand.
Ich schüttele meinen Kopf und trete an den Tresen.
„Hallo, mein Name ist Hannah Smith, ich habe um 8 Uhr einen
Termin bei Ms. Classen," melde ich mich an.
Die Dame nickt,
„bitte setzten sie sich noch einen Moment,"
und zeigt Richtung Wartebereich, wo auch
Mr. Kaugummi sitzt.
Ich setze mich drei Stühle weiter, kann aber trotzdem das
Schmatzen seines Kaugummi´s hören.
Etwa Fünf Minuten, aber gefühlte dreißig Minuten später,
kommt eine blonde Frau, mittleren Alters aus einem der
Büro´s.
„Hallo Lucas, du kannst rein,"
wendet sie sich *Mr. Kaugummi* zu.
Er läuft an mir vorbei und wieder platzt eine Kaugummiblase
genau auf meiner Höhe. Diesmal grinst er mich dabei an.
„Hallo, Ms. Smith, ich bin sofort für sie da!"
Ich lächle, nicke und schüttel ihre Hand.
Als sich die Tür wieder öffnete, tritt *Mr. Kaugummi* mit einer
Akte in der Hand und ohne Kaugummi im Mund als erster
heraus.
„Samantha, geben sie Mr. Summers einen Termin für nächste
Woche!" meint Ms. Classen die kurz nach ihm das Büro
verließ.
„Also bis nächste Woche, Lucas!"
Er nickt ihr zu und trat an den Tresen.
„Bitte, Ms. Smith," fordert sie mich auf.
Ich folge ihr ins Büro. Auf ihrem Tisch lag noch die Akte von
Mr. Kaugummi, die sie schnell verstaut und meine

Bewerbungsmappe herausholt.
„Als erstes mal, Herzlich Willkommen," begrüßt sie mich.
„Ihr Büro befindet sich im hinteren Teil des Flures, diese Woche werden sie erst mal alle kennenlernen und nächste Woche bekommen sie dann einen eigenen Fall zugeteilt."
Ich nicke nervös und höre aufmerksam zu.
„Gut, dann werde ich ihnen mal ihr Büro zeigen,"
lächelt Ms. Classen und steht auf. Ich folge ihr den Flur entlang in einen kleinen Raum mit einem Schreibtisch in der Mitte und einem sehr kleinen Fenster am oberen Teil, dass so klein war das gerade mal mein Arm durchpasste. Etwas enttäuscht schaue ich hinein.
„Das ist natürlich nur vorübergehend," erklärt sie mir und gibt mir die Schlüssel in die Hand.
„Der Kaffeeraum befindet sich auf Etage 2, wenn sie etwas brauchen, Samantha hilft ihnen gerne weiter."
„Vielen Dank," bedanke ich mich und setze mich an den Schreibtisch, dabei fällt mir auf, dass das Büro wirklich sehr winzig ist.
Den Rest des Tages verbringe ich mehr oder weniger im Kaffeeraum. Um 17 Uhr bemerke ich wie so langsam alle Feierabend machen, und beschließe ebenfalls zu gehen.
„Na? Wie war der erste Arbeitstag?"
empfängt mich Mia kaum habe ich die Tür aufgeschlossen.
„Frag nicht!"
„Oh je, so schlimm?"
Ich seufze und lasse mich auf das Sofa plumpsen.
„Los erzähl!" fordert sie mich auf und setzt sich neben mich mit zwei Kaffeebecher in der Hand.
„Für mich nicht, Danke. Kaffee hatte ich heute genug."
muss ich ihr gestehen.
„Na dann," zwinkert sie mir zu und schüttet etwas Baileys hinein,
„Irish Coffee!"

Ich muss lachen, Mia schaffte es immer mich wieder aufzuheitern.
„Jetzt erzähl!" fordert sie mich erneut auf.
Ich erzähle ihr von Mr. Kaugummi und seiner Kaugummiblase, meinem Minibüro und meiner Zeit im Kaffeeraum, wo mich fast niemand beachtete und ich still in der Ecke saß und meinen Kaffee trank.
Mia fängt an zu lachen,
„sie haben dich in die Abstellkammer gesetzt?"
„Ja!" muss ich zugeben, und trinke enttäuscht meinen Irish Coffee auf Ex.
„Das war nur der erste Tag, Hannah, es wird bestimmt besser." versucht sie mich aufzuheitern.
Leider war es nicht nur der erste Tag, denn der nächste Tag ist auch nicht besser. Ich sitze seit einer Stunde auf meinem Stuhl in meiner Abstellkammer und warte und warte und warte.
„NEIN JETZT!" höre ich jemanden rufen und strecke meinen Kopf aus dem Büro.
„OK, setzt dich ich piepe Ms. Classen an." beruhigt ihn Samantha. Neugierig schleiche ich mich nach vorne, kurz vor der Anmeldung höre ich es wieder, das platzen einer Kaugummiblase. Ich verdrehe meine Augen und seufze, als mir klar wird dass es sich um *Mr. Kaugummi* handle.
Ich betrete den Vorraum, er sitzt auf einem der Stühle, starrt auf den Boden und wibbt nervös mit seinem Bein.
„Was ist den Los?" frage ich Samantha im Flüsterton.
„Er will zu Erika, sie hat aber heute Frei!" flüstert sie zurück.
„Hast du ihm das gesagt?"
„Ja, aber er lässt nicht locker. Ich erreiche sie nicht."
Er bemerkte dass wir uns über ihn unterhielten, und starrt uns an. Wieder platzt die Kaugummiblase. Ich trete auf ihn zu,
„Ms. Classen hat heute Frei, und geht nicht ans Telefon, kann ich ihnen vielleicht helfen?"
Unbeeindruckt schaut er mich an und lässt provokativ eine

Blase platzen.
„Wir können in mein Büro gehen und in Ruhe über ihr Problem reden."
Ich zeige in Richtung des Flures und er steht auf. Ich werfe Samantha einen verzweifelten Blick zu, sie lächelt mich nur dankbar an.
„Setz dich bitte," sage ich als wir in meinem Büro ankommen. Ich höre einen leichten leisen Lacher als er das Büro musterte und sich setzte.
„So was ist denn das Problem?" ignoriere ich seine Reaktion. Wieder schaut er mich unbeeindruckt an, atmet schwer, als würde er überlegen, ob er mir wirklich sagen sollte was los ist. Immer noch kaut er Kaugummi, jedoch ohne Blase.
Ich schaue ihn fragend an, warte immer noch auf eine Antwort. Mein Telefon klingelt, auf dem Display erkenne ich die Anmeldung.
„Ja Samantha," melde ich mich.
„Ich habe Erika erreicht, sie sagte er solle morgen gleich um 7 Uhr zu ihr kommen, dann kümmert sie sich um das Problem."
„OK Danke,"
ich lege auf und schaue *Mr. Kaugummi* erneut fragend an, immer noch keine Reaktion seines Problems.
„Gut, Ms. Classen bittet dich gleich Morgen um 7 Uhr bei ihr zu erscheinen, dann kümmert sie sich um dein Problem."
Er nickt und steht auf, beim hinausgehen wirft er mir noch einen lächelnden Blick zu. Ich folge ihm zum Ausgang, bleibe aber bei Samantha stehen.
„Bis Morgen Lucas," ruft sie ihm hinterher, ohne sich umzudrehen winkt er zurück und öffnet die Tür. Samantha seufzt,
„Süß, Nicht?" meint sie und zwinkert mir zu.
„Äh, eher Eigenartig, Merkwürdig, Sonderbar!" gebe ich zur Antwort und beobachte wie er auf den Fahrstuhl wartet.

Es ist bereits Mittag und ich verabrede mich mit Samantha zum Mittagessen.
Gerade als ich die Salatkarte studiere, höre ich eine Kaugummiblase hinter mir platzen, genervt drehe ich mich um, doch es war nur ein kleiner Junge der gelangweilt am Tisch saß. Samantha bemerkte sofort was mein erster Gedanke war.
„Hat er dir erzählt was Los war?" fragt sie neugierig.
„Wer?"
„Na Lucas! Als er in deinem Büro war!"
„Nein, um Ehrlich zu sein, hat er kein einziges Wort mit mir gesprochen, mich nur angestarrt und Kaugummi gekaut."
gebe ich kleinlaut zu.
„Ja er vertraut nur Erika, mich hat es schon gewundert dass er überhaupt mit dir mit gegangen ist," erklärt sie mir.
„Was hat er den für Probleme?" frage ich neugierig.
„Das weiß ich nicht so genau, ist vertraulich."
Den Rest des Tages verbringe ich neben Samantha an der Anmeldung. Im meisten muss sie irgendwelche Termine ausmachen oder absagen, Anrufe durchstellen oder Akten in die Büro´s bringen. Wenn ich nicht bald meinen eigenen Fall bekäme, verspüre ich den Drang ihren Job zu machen.
Am Abend erzähle ich Mia während wir das Abendessen zubereiten, was heute alles auf der Arbeit passiert ist.
„Kein einziges Wort?" fragt sie beim Zwiebel schneiden.
Ich nicke und esse ein Stück Paprika.
Sie schüttelt den Kopf,
„sehr eigenartig dieser, wie heißt er noch gleich?"
„Mr. Kaugummi," erwidere ich mit lächelnder Stimme.
Mia sieht mich scherzhaft an.
„Lucas. Glaube ich. Samantha nannte ihn Lucas," antworte ich ernst.
„Was weißt du über ihn?" fragt sie weiter.
„Er spricht nicht, vertraut nur Ms. Classen, und kaut gerne Kaugummi," antworte ich und schütte die Nudeln in das

Wasser.
„Sieht er gut aus?" grinst sie mich an.
Ich verdrehe die Augen,
„Jetzt fang du nicht auch noch an," gebe ich zur Antwort und koste die Soße.
„Beschreibe ihn!" fordert Mia mich auf.
Ich sehe sie nur strafend an.
„Na Los, wie sieht er aus?"
Ich schloss die Augen um ihn mir besser vorstellen zu können.
„Etwa 1,80 groß, Blond, blaue Augen, und wenn er mal lächelt, was eher selten der Fall ist, dann hat er zwei Grübchen auf den Seiten."
Ich öffne meine Augen und Mia grinst mich an.
„Ahmmm," antwortet sie kauend und zuckte mit den Augenbrauen. Ich grinse zurück und werfe ihr eine Nudel an den Kopf. Lachend tragen wir unsere Teller an den Tisch.

Am nächsten Morgen soll ich das Büro aufschließen und befinde mich schon kurz vor Sieben auf dem Weg nach Oben. Als ich aus den Fahrstuhl steige, bemerke ich dass jemand vor der Glastür sitzt mit Kopf gegen die Front gelehnt und Blick an die Decke. Beim Näher kommen erkenne ich Lucas.
„Hallo Lucas, du bist aber Früh hier, es ist ja noch keine Sieben."
Er zuckt nur mit den Schultern und wirft mir einen flüchtigen Blick zu. Dabei fällt mir auf dass er gar keinen Kaugummi kaut.
Ich seufze laut und schließe die Tür auf.
„Komm mit rein, Ms. Classen ist bestimmt gleich da."
Ich betrete den Bürovorraum und er folgt mir, setzt sich aber gleich auf die Wartestühle. Punkt Sieben betritt Samantha das Büro,
„Mooorgeeen," flötet sie als sie uns sieht.
„Wie kannst du morgens nur so gut Gelaunt sein?"

frage ich, und nippe an meinem To-Go Becher.
„Sex unter der Dusche!!"
Ich verschlucke mich an meinem Kaffee,
„bitte was?"
„Ein Quickie am Morgen vertreibt Kummer und Sorgen,"
zitiert sie und fährt den PC hoch.
„Musst du auch mal probieren!"
„Ich habe keinen Freund!" gestehe ich.
„Oh ich auch nicht," grinst mich Samantha an,
„aber das hindert mich nicht daran Sex zu haben."
Ich merke wie ich Rot anlaufe. Samantha lacht auf,
„Sag bloß du hattest noch nie Sex für eine Nacht?"
Ich schüttele meinen Kopf.
„Aber Jungfrau bist keine mehr?"
„Ich habe durchaus schon Sex gehabt, nur halt noch nie One Night Stands!" protestiere ich.
„Na dann wird es allerhöchste Zeit, nicht wahr Lucas?"
Entsetzt schaue ich Richtung Wartebereich. Ich hatte völlig vergessen, dass Lucas hier ist. Er sitzt nach unten gerutscht, Stuhllehne im Nacken, Hände in den Hosentaschen, Beine weit ausgestreckt, da und grinst uns an. Er erwidert meinen Blick und zuckt mit den Augenbrauen. Nervös drehe ich mich um und laufe Richtung Flur als Ms. Classen eintrifft.
„Hallo Lucas du kannst gleich mitkommen, morgen Samantha, morgen Hannah."
Ich drehe mich nochmal um, um sie zu begrüßen, erhasche dabei noch einen Blick auf Lucas, der mich immer noch grinsend ansieht und mir zuzwinkert bevor er Erika´s Büro betritt.
Beim durchsehen meiner Email's bemerke ich endlich einen eigenen Fall bekommen zu haben. Ich sollte eine Familie überprüfen, die das Sorgerecht ihrer Tochter wieder haben wollte, dazu brauche ich die Akte der Mutter. Also bin ich wieder auf dem Weg zu Samantha. Schon auf dem Flur erkenne

ich dass sie sich gerade unterhielt.
„Na siehst du, hat sich doch alles geklärt, Lucas!"
Ich stelle mich abseits und beobachte die beiden.
„Ja zum Glück. Und? Wer war der glückliche von heute Morgen?" spricht er mit ihr.
Ach sieh an, Mr. Kaugummi kann also doch sprechen!!
denke ich als ich die beiden belausche.
„Warum so neugierig Mr. Summers?"
Er zuckt nur mit den Schultern,
„wie heißt die neue aus der Abstellkammer?"
Meint er etwa mich?
„Abstellkammer?" stellt Samantha als Gegenfrage.
Er zeigt in meine Richtung, erschrocken springe ich hinter die große Topfpflanze.
„Ach du meinst Hannah?"
„Hannah!" höre ich wie er meinen Namen wiederholt.
„Ja, H-a-n-n-a-h," betont Samantha,
„warum fragst du?"
Gespannt höre ich zu. Doch er antwortet ihr nicht. Stattdessen höre ich wieder nur das platzen der Kaugummiblase.
Und da ist sie wieder, die Kaugummiblase...
denke ich und verdrehe die Augen. Vorsichtig linse ich nach vorne. Lucas war gerade am gehen.
„Samantha ich brauche die Akte 47111507," sage ich gelassen als hätte ich nichts mitbekommen.
„Siiicheeer!" flötet sie mir zu.
Natürlich wusste ich warum sie so flötet, schau aber trotzdem fragend in ihre Richtung. Lächelnd gibt sie mir die Akte.
Dankend nehme ich sie und begebe ich mich wieder in mein Minibüro. Beim aufschlagen fällt mir schon auf, dass dies nicht die richtige Akte sein kann, sie ist viel zu Dick für einen vorübergehenden Sorgerecht Fall.

Vermieter macht wieder Probleme, Arbeitgeber droht mit Kündigung.

Steht als Handgeschriebener Vermerk am Rand.

Mr. Summers neigt auch weiterhin zu Aggressionen.

Mr. Summers? Den Namen kenne ich doch?
Ich schaue auf das Aktenzeichen, 47111506 Lucas Summers.
Da hat mir Samantha wohl die falsche Akte gegeben!
Ich bin schon auf dem Weg zur Tür, als die Neugierde mich doch zurück hält. Ich schlage die Akte erneut auf und fange beim ersten Eintrag an zu lesen. Er liegt fünf Jahre zurück. Damals war er erst 16 Jahre und hatte seine Volljährigkeit beantragt um von seinem Stiefvater weg zu kommen.
Es wurde ein Psychologisches Gutachten beauftragt um sich ein Bild über seinen Zustand zu verschaffen.

Psychologisches Gutachten Lucas Summers

Mr. Summers neigt zu aggressiven Handlungen, was sich als Gegenwehr der körperlichen Misshandlungen durch seinen Stiefvater zurückführen lässt.
Kleine Aussagen lassen ihn aufbrausen, nimmt alles Persönlich.
Der Verlust seiner Mutter nimmt ihn schwer mit, Depressionen wurden Medikamentös behandelt.
Er ist sich durchaus bewusst für seinen Unterhalt alleine

aufkommen zu müssen. Laut eigener Aussage würde er alles tun nur um aus der Hölle zu entkommen.
Unter den besonderen Umständen und der Gefahr des Jugendlichen vor weiterer Misshandlung, stimmen wir dem Antrag auf Volljährigkeit zu.
Mr. Summers erklärt sich auch bereit sich regelmäßig bei seiner ihm zugeteilten Sozialarbeiterin zu melden, die ihm betreuend zur Seite steht.

Ich atme schwer, schlage Seite 2 auf, verschiedene Arztberichte und Foto´s fallen mir ins Auge.

Patient L. Summers,
Trümmerfraktur Linkes Bein
ein Röntgenbild beigelegt, es wurde geschraubt.

Mittelarmbruch, rechts
ein Foto des Gipsverbandes,

Diverse Hämatome an Oberkörper
ebenfalls mit Foto dokumentiert.

Zu der Zeit schien er nicht älter als 12 Jahre gewesen zu sein. Tränen steigen in meine Augen. Ich höre Ms .Classen auf dem Flur, schließe meine Tür und lese weiter.

Mehrere Polizeilich angezeigte körperliche Misshandlungen im Zeitraum von 2 Jahren zwischen dem 12. und 14. Lebensjahr, nach einschalten des Jugendamtes des Kreiskrankenhauses durch den Arzt Dr. Brown wurde Mr. Summers in eine Pflegestelle verwiesen, wo er seinen Kieferbruch auskurierte.

Wieder ein Foto von Lucas beigefügt, mit verdrahtetem Kiefer.
Ich schnäuze mir die Nase und wische die Tränen aus dem Gesicht.
Habe erst mal genug gesehen und bringe Samantha die Akte zurück.
„Du hast mir die Falsche Akte gegeben."
„HmmH, hast du sie gelesen?"
antwortet sie und streckt mir eine Akte entgegen.
Traurig schaue ich sie an,
„nur die ersten Seiten."
Ich lege seine Akte auf ihren Tresen und nehme die andere in die Hand. Samantha schaut mich mitleidig an und schiebt sie wieder in meine Richtung. Mir wird klar, sie hatte mir absichtlich Lucas´ Akte gegeben.

Kapitel 2
Mein erster Fall

„Partynight," ruft Mia in mein Zimmer. Total verschlafen schaue ich sie an.
„Was gibt es denn zu feiern?" frage ich beiläufig und hoffe sie lässt mich noch schlafen.
„Dein einmonatiges Bestehen in der Firma!"
ruft sie aus dem Bad,
„dein Umzug aus der Abstellkammer und deinen ersten großen Fall."
Ich schaue auf die Uhr, es ist 8 Uhr morgens.
Warum ist Mia schon auf? Es ist Samstag?!
Mia lässt sich auf mein Bett Plumpsen.
„Dein erster Fall!! Ich bin so Stolz auf dich!"
„Ich habe offiziell noch keinen, Mia. Sam hat nur etwas erwähnt, was sie zufällig mitbekommen hat!"
„Zufällig? Ja! Als würde Sam etwas Zufällig hören?!"
Da muss ich ihr Recht geben, wenn jemand alles aus der Firma weiß, dann Samantha!
„Ich bin gespannt was das sein wird? Sorgerecht, Drogenmissbrauch, Minderjährige auf der Suche nach dem Sinn des Lebens?" plabbert Mia weiter,
„also dem Minderjährigen kannst du sagen dass ich mit 22 Jahren noch keinen Sinn gefunden habe!"
Ich verdrehe die Augen,
ach Mia..
„Warum sind wir schon wach?" frage ich schließlich.
„Shooopping!!" flötet sie mir ins Ohr.
„Wir suchen dir jetzt ein Sexy- Party-Outfit!"
„Ich brauche kein´s, ich habe alles!"
„Ja, Ne! Ich sagte ein S-E-X-Y Outfit!"
meint sie ernst und hält eine Bluse in die Höhe!

Erneut verdrehe ich die Augen.
„Meinetwegen!"
Was Mia unter Sexy versteht, liegt außerhalb meiner Vorstellung. Ich stehe im Kaufhaus in der Umkleide und schaue in den Spiegel.
D-A-S bin definitiv nicht Ich...
„Na Los, zeig dich mal!"
Mia steht ungeduldig vor der Umkleide und ruckelt am Vorhang.
Ich trage einen sehr knappen Lederrock und ein bauchfreies One-Shouldertop. Öffne vorsichtig den Vorhang.
„HmmmH, nicht schlecht," begutachtet sie mich.
„Probier die Stiefel dazu."
Sie hält mir Rote Lackstiefel unter die Nase.
„Wirklich? Die?" frage ich mit quitschiger Stimme.
„Probier die Stiefel," wiederholt Mia ernst.
Genervt ziehe ich die Stiefel an und betrachte mich erneut im Spiegel.
„Perfekt!!" freut sich Mia.
Ich ziehe am Shirt herum und versuche es etwas über den Bauch zu bekommen. Im Spiegel erkenne ich Mia´s genervten Blick.
„Du siehst super aus."
Leise höre ich das platzen einer Kaugummiblase und zucke zusammen. Ruckartig drehe ich mich um und lasse meinen Blick durch den Raum wandern.
Wieder platzt eine Kaugummiblase.
Oh Gott..! denke ich als ich ihn in der Ecke im hinteren Bereich sitzen sehe. Sofort fängt er zu grinsen an als sich unsere Blicke treffen.
Peinlich berührt versuche ich meinen Bauch mit dem Armen zu verstecken und drehe mich um. Im Spiegel sehe ich mein rotes Gesicht.
„Was ist Los?" will Mia wissen, der meine Gesichtsfarbe sofort

ins Auge fällt.
„Luuucaass!" flüstere ich,
„da hinten in der Ecke.."
„Wo??"
Sie dreht sich ruckartig um und schaut in seine Richtung.
Ich blicke wiederholt in den Spiegel und erkenne dass Lucas immer noch grinsend in unsere Richtung schaut. Erneut platzt eine Blase.
„Etwa der dort?" fragt Mia mit leiser Stimme, aber auf ihn zeigend. Ich nicke, und sehe wie Lucas, Mia zu winkt als sie ihn anstarrt.
Schnell renne ich in die Umkleide und ziehe mich wieder um.
„Ist er weg?" frage ich Mia bevor ich herauskomme.
„Ähh, Nein!"
„Was macht er gerade?"
Immer noch stehe ich hinter dem Vorhang.
„Er kaut Kaugummi und beobachtet mich.."
Ich atme tief ein und öffne den Vorhang.
„Komm wir gehen," fordere ich Mia auf und stolziere los.
Leider müssen wir an Lucas vorbei um den Umkleidebereich zu verlassen.
Mit hellrotem Kopf laufe ich an ihm vorbei und versuche ihn dabei nicht anzusehen. Als er eine Kaugummiblase auf meiner Höhe platzen lässt, fällt mein Blick doch in seine Richtung. Wieder zuckt er mit den Augenbrauen und grinst mich an.

Seit ich seine Akte gelesen hatte, konnte ich ihm erfolgreich aus dem Weg gehen, oder nur beiläufig über den Weg laufen. Ich hatte es geschafft nicht direkt mit ihm konfrontiert zu werden. Um so peinlicher empfinde ich nun diesen Auftritt im Kaufhaus.
„Jetzt komm schon!" bettelt Mia,
„diese Sache wird uns jetzt nicht den Abend ruinieren."
Ich lasse mich von ihr überreden und ziehe mein neues Outfit

an.
Am Abend stehen wir in dem Club, es ist Voll, ich fühle mich unwohl in den Klamotten. Mia zieht mich auf die Tanzfläche und fängt an zu tanzen, ich tanze mit und langsam fängt es an mir Spaß zu machen. Ich gehe zur Bar und hole uns ein Bier, tanzend schlängle ich mich zurück zu Mia. Sie wedelt sich Luft mit der Hand zu. Es ist wirklich sehr Heiß hier.
„Komm lass uns mal kurz raus gehen!" bitte ich sie.
Sie nickt während sie einen Schluck aus der Flasche trinkt und zieht mich Richtung Tür.
Wie üblich befinden sich nur die Raucher im Freien, trotzdem ist auch hier die Stimmung ausgelassen. In der einen Ecke sitzt eine Gruppe Mädchen und lachen über die Gruppe Jungs in der anderen Ecke. Die Jungs übersehen dies einfach. In der Mitte stehen ein paar einzelne Pärchen und umarmen sich.
„Vielleicht finden wir ja heute ein Hottie der uns den Abend versüßt?" meint Mia als sie ihren Blick in die Runde wirft.
Ich nicke.
„Oder wir gehen einfach wieder rein, trinken aus und gehen Heim?"
Entsetzt sehe ich sie an.
„Was hast du gesagt? Du willst gehen?"
Ich kann es nicht glauben, normalerweise bin ich immer diejenige die Mia zum gehen zwingt.
„Wir sind doch gerade erst gekommen!"
„Ja. Ich weiß. Aber vielleicht sollten wir... Auuaa!!"
Ich quetsche ihre Hand.
„Genau!! deshalb sagte ich wir gehen lieber!!"
Ich bekomme Schnappatmung und fühle mich sofort wieder unwohl in meinen Klamotten, verstecke mich hinter Mia.
Ich habe gesehen was Mia vor mir sah,
Mr. Kaugummi, Lucas...!
Er steht an die Wand gelehnt und unterhaltet sich mit einem anderen Typen, sie scheinen befreundet zu sein, denn sie albern

herum. Er zieht an seiner Zigarette und bläst den Rauch in unsere Richtung. Reflexartig ducke ich mich. Linse hinter Mia vor, denke er hat uns nicht gesehen.
„Willst du gehen?" fragt mich Mia.
„Nein aber Lass uns lieber schnell rein gehen."
Ich ziehe Mia wieder in den Club hinein.
Puhh, das war Knapp..!
Ein paar mal laufen wir Lucas beinahe in die Arme, können gerade noch kehrt machen und uns verstecken.
Ich muss Lachen. Finde es irgendwie amüsant. Lasse mich auf eines der freien Sitzkissen fallen. Mia neben mich. Wir prosten uns mit der Flasche zu.
„Schnell ducken!" ruft sie mir zu, und ich schmeiße mich hinter sie. Wieder sind wir am Lachen.
„Ich muss mal auf die Toilette," sage ich.
„Ich komm mit."
Wir machen uns auf den Weg zur Toilette. Wie üblich steht die Schlange schon weit außerhalb. Fast Zehn Minuten später mache ich mir gleich in die Hose.
„Ich gehe jetzt bei den Männern rein!"
Mia lacht mich an,
„Ernsthaft?"
„Ja!" betone ich und laufe Richtung Herren-WC.
Langsam öffne ich die Tür, niemand zu sehen. Ich drehe mich um, stehe zwischen den Räumen am Türrahmen und winke Mia zu mir. Sie tritt zwei Schritte näher und sieht mich plötzlich mit weit aufgerissenen Augen an. Ich merke wie jemand hinter mir an der Tür steht und aus dem WC möchte. Sehe ihn an und erstarre. Lucas steht ebenfalls im Türrahmen und grinst mich an. Versucht sich an mir vorbei zu drücken. Seine Hüfte streift an meiner, sein Gesicht so Nah dass ich seinen Kaugummi riechen kann. Ich halte die Luft an und lasse ihn durch. Wieder zwinkert er mir nur zu, dreht sich nochmal kurz um, bevor er um die Ecke geht.

Verdammt..!! denke ich und haste auf die Toiletten.
Erleichtert komme ich heraus.
„Das war jetzt denkbar kacke!!" empfängt mich Mia.
Ich hake mich bei ihr ein und wir laufen wieder hinaus um frische Luft zu schnappen. Es ist wesentlich kühler draußen. Ich bekomme kurz Gänsehaut. Muss auflachen, Lucas steht wieder an der Wand und raucht, doch diesmal hat er uns bemerkt. Ohne eine Emotion starrt er mich an. Ich werde sichtbar nervös, er fängt wieder an zu grinsen.
„Der flirtet mit dir?" flüstert Mia mir ins Ohr.
Ich sehe sie überrascht an und schucke sie leicht. Wir fangen an zu Lachen. Lucas löscht seine Zigarette und kommt auf uns zu. Er sieht mir in die Augen, läuft aber an mir vorbei, eine Kaugummiblase platzt als er die Tür öffnet. Den Rest des Abends sehen wir ihn nicht wieder.
Am Montag treffe ich Sam im Kaffeeraum bevor die Schicht beginnt. Sie fragt mich nach meinem Wochenende, und ich erzähle ihr von Lucas.
„Wirklich? Hammer!!"
„Nein eher super Peinlich."
„Wieso, wenn ich ihn in einem Club treffen würde, dann würde ich mich von ihm Flach legen lassen," lacht sie auf dem Weg nach oben in die Büroräume.
„Denkst du denn nicht an die Konsequenzen?" frage ich und öffne die Tür.
„Welche Konsequenzen?" fragt sie und zieht eine Augenbraue nach oben.
„Na die was danach passieren könnte?"
Sie setzt sich an den Schreibtisch und sieht mich fragend an.
„Jetzt mal angenommen du schläfst wirklich mit Lucas, was dann? Was hätte das für Konsequenzen?"
„Beruflich oder Privat?" fragt sie mit hoher Stimme.
„Beides!" betone ich.
„Du meinst du willst nicht mit Lucas schlafen, weil du Angst

vor den Konsequenzen hast?" fuchtelt sie vor meinem Gesicht.
„Ja, Genau!"
„Aha!! und jetzt mal angenommen es gäbe keine Konsequenzen? Würdest du dann deinen ersten One-Night-Stand mit ihm verbringen."
„Es gibt immer Konsequenzen!" betone ich erneut.
Sam verdreht die Augen,
„angenommen es gäbe keine..?"
Ich sehe sie an und muss grinsen.
„Aha, ich wusste es!!" lacht sie zurück.
Das platzen einer Kaugummiblase unterbricht unser Gespräch.
Wir sehen uns entsetzt an und ich drehe mich um.
Lucas sitzt lachend im Wartebereich.
„Lucas!! bist du schon lange hier?"
fragt Sam überrascht, ich kann ihm nicht in die Augen blicken.
„Lange genug..!" höre ich ihn sagen.
Ich kneife die Augen zusammen und verziehe das Gesicht,
„Upps," flüstere ich und laufe Richtung meines Büro's ohne ihn anzusehen.
Ich setze mich an meinen Schreibtisch und lege die Stirn auf den Tisch.
Das wird Konsequenzen geben!!
Mein Telefon klingelt,
„Ja," melde ich mich mit rauer Stimme. Ich räuspere mich,
„Ja," sage ich erneut.
„Ms. Smith, kommen sie bitte in einer halben Stunde in mein Büro!"
„Ja natürlich Ms. Classen!"
Ich lege auf. Da waren sie, die Konsequenzen.
Etwa Zwanzig Minuten später stehe ich bei Samantha am Tresen.
„Hat Lucas uns verpetzt?"
Sam schaut mich an,
„Warum verpetzt? Was sollte er den verpetzten?"

„Na das wir du weißt schon.. das er unser Gespräch belauscht hat!" flüstere ich ihr zu.
„Dann müsste er ja zugeben das er gelauscht hat!" grinst sie.
„Das ist nicht witzig! Ich muss zu Ms. Classen rein."
„Und?"
„Die Konsequenzen! Sam, die Konsequenzen!"
Sam fängt an zu lachen,
„Du glaubst es gäbe Konsequenzen, weil du zugegeben hast dass du ihn Sexuell anziehend findest?"
Ich nicke zaghaft,
„dann müsste die Hälfte der Belegschaft zu Ms. Classen!"
Ich schaue sie verwirrt an.
„Es gibt immer irgendwo jemanden den du Sexuell Attraktiv findest! Mach dir darüber keinen Kopf," beruhigt sie mich,
„außerdem weiß er dass er Heiß ist, und was ich von ihm denke."
Ich lächle sie an,
„und jetzt weiß er auch was du von ihm hältst!"
scherzt Sam, mein lächeln erlischt.
Sie greift zum Hörer und meldet mich bei Ms. Classen an.
„Du kannst rein."
Ich atme tief durch und gehe zur Tür.
„Ach Hannah, denk an die Konsequenzen..!"
lacht sie, ich strecke ihr die Zunge heraus.
„Hallo Hannah, setzten sie sich bitte," begrüßt mich Ms. Classen.
Sie atmet schwer und schlägt die Akte vor sich zu.
Oh Oh, doch Konsequenzen.. denke ich und werde Nervös.
Ich verspüre den Drang mich wie ein kleines Kind bei ihr zu entschuldigen und in Tränen auszubrechen.
„Habe ich etwas angestellt?" frage ich unschuldig.
Sie sieht mich mit gesenktem Kopf an.
Meine Nervosität steigt. Ich wippe auf dem Stuhl auf und ab.
„Ich habe hier ihren ersten Fall,"

sie legt ihre Hand auf die Akte. Ich schaue sie mit aufgerissenen Augen an.
„Sie müssen wissen das mir dieser Fall persönlich am Herzen liegt," fährt sie fort.
„Ich habe lange überlegt ob ich ihnen diesen Fall anvertrauen soll. Aber auf eigenen Wunsch, möchte er ausdrücklich sie als neue Sozialarbeiterin."
Ich sehe sie Stirnrunzelnd an, weiß gerade nicht was sie meint.
„Sie müssen wissen, dass ich in etwa Fünf Monaten in Mutterschutz gehen werde und meine Fälle nicht mehr weiter führen kann."
Ich nicke, ihre kleine Bauchkugel ist bereits das Pausenraum Tratschthema Nr. 1.
„Daher teile ich die Fälle auf, diesen Fall werde ich bis zum Ende weiter betreuen,"
wieder sieht sie mich mit gesenktem Kopf an,
„und sie werden mir zur Seite stehen."
„Ok," antworte ich,
„und um welchen Fall geht es?"
Ms. Classen streckt mir die Akte entgegen, ich sehe auf das Aktenzeichen und schlucke schwer.
„Lesen sie die Akte um sich ein Bild zu machen. Wir werden dann Morgen zusammen alles durchgehen und ich werde ihnen alles wichtige erklären."
„Gut, mache ich. Danke!"
„Bitte!" sagt sie und zeigt auf die Tür.
Samantha sieht mich aufgeregt an als ich aus dem Büro komme,
„Und? Was sind die Konsequenzen?"
„Mein erster Fall!" sage ich und hebe die Akte hoch.
„Hey, das sind doch gute Konsequenzen!" freut sie sich.
„Nein," sage ich und zeige ihr das Aktenzeichen
47111506 Lucas Summers.

Kapitel 3
AZ. 47111506 L. Summers
Ein schwieriger Fall

„Als ich Mr. Summers zum ersten mal sah, war ich bereits seit Zwei Jahren hier," erklärt mir Ms. Classen, „ich besuchte ihn bei seinen Pflegeeltern, wurde ihm zugeteilt. Er saß auf dem Sofa mit verdrahtetem Kiefer. Konnte keine feste Nahrung zu sich nehmen. Sein Gesicht war geschwollen und seine Hand in Gips. Seine Rippen taten ihm Weh und er konnte sich kaum bewegen."
Ich starre sie an, versuche mir die Tränen zu unterdrücken.
„Ja! Genau so fühlte ich mich auch zu dieser Zeit. Seinen Anblick werde ich nie vergessen. Er sprach kein Wort mit mir. Nickte nur, oder schüttelte seinen Kopf."
„Was war passiert?" flüsterte ich und starre auf das Foto, dass sie mir hinlegte.
„Sein Stiefvater hatte erfahren, dass er seine Volljährigkeit beantragt hatte, und musste vor Gericht erscheinen. Zu diesem Zeitpunkt war Lucas erst 15 Jahre. Das Gericht entschloss dass er noch bis zum 16. Lebensjahr warten müsse, dann könne er in ein Heim für Betreutes Wohnen."
Sie legt mir den Gerichtsbeschluss vor den Tisch.
„Er war darüber so erzürnt, dass er Lucas mit dem Baseballschläger verprügelte."
„Baseballschläger!" sage ich geschockt.
Ms. Classen nickte,
„die Nachbarin hörte seine Schreie und alarmierte die Polizei. Sie haben ihn mitgenommen und brachten Lucas ins Krankenhaus, wo sie das Jugendamt einschalteten."
Sie legt mir das Foto des Schlägers hin.
Ich hatte mir die Foto´s schon angeschaut und die Akte überflogen, war aber nicht in der Lage sie genau zu studieren. Umso mehr trifft mich das jetzt wie ein Schlag.

„Die Folgen dieser Prügelattacke waren ein Kieferbruch, Handgelenkbruch, Zwei Rippenbrüche und mehrere Hämatome. Er war die Nächsten Monate nicht in der Lage zu Essen oder richtig zu sprechen. Konnte erst nach etwa Sechs Monaten wieder etwas festes zu sich nehmen, es musste aber weich gekocht sein."
Jetzt war es so weit, ich fange an zu heulen.
„Er sprach immer noch nicht mit mir, auch als der Draht aus dem Kiefer entfernt wurde, wollte er nicht sprechen."
Sie legte mir eine Packung Taschentücher hin.
„Ich besorgte ihm einen Platz im betreuten Wohnen und wir trafen uns jede Woche, langsam begann er mir zu vertrauen. Nach und nach sprach er auch ein Paar Worte mit mir. Mittlerweile betreue ich ihn seit Sechs Jahren."
Ich schnäuze in ein Taschentuch.
„Er begann eine Ausbildung zum Schreiner, und ist mittlerweile sehr gut in seinem Tun."
Sie zeigt mir eine Handgeschnitzte Figur. Ich muss lächeln.
„Er hat inzwischen eine eigene Wohnung und arbeitet als Schreiner in einem Familienunternehmen."
Ich nicke und streichle über die Figur.
„Seine Betreuung besteht im wesentlichen darin, ihn von Problemen fern zu halten. Ihm beizustehen wenn er welche bekommt."
Ich sehe sie an,
„In wie fern? Was hat er für Probleme?"
Sie atmet schwer,
„er ist immer noch sehr Aggressiv, lässt sich nichts vorschreiben. Was die Folge hat, dass er auch mal seinem Chef die Meinung sagt, was ihm schon ein paar mal beinahe den Job gekostet hätte."
Oh, denke ich und lese das Schreiben dass sie von seinem Chef erhalten hatte.
„Mehrere Anzeigen, wegen Körperverletzung, die aber

zurückgezogen wurden."
Wieder legt sie mir die Anzeigen zum Lesen hin.
„Die nächsten Fünf Monate werde ich ihn noch betreuen und sie werden mir helfen, bei jedem Termin mit ihm anwesend sein."
Ich nicke beiläufig.
„Er scheint sie zu mögen Hannah."
Ich blicke auf und sehe sie fragend an.
„Als ich ihm sagte, dass ich seinen Fall abgeben muss, verlangte er sie!"
„Hat er das gesagt?" frage ich überrascht.
Sie lacht,
„er schwieg kurz, meinte aber schließlich, gut dann will ich die neue aus der Abstellkammer!"
Ich sehe sie entgeistert an,
„Ja so habe ich auch geschaut," fährt sie fort,
„die neue aus der Abstellkammer? Fragte ich ihn, er lächelte und sagte, Hannah!"
„Er hat noch nie ein Wort mit mir gesprochen und will mich als neue Betreuerin?" sage ich.
„Das hat nichts zu sagen, er spricht allgemein nicht viel. Sie werden sich schon einigen."
Ich nicke erneut und mir wird ganz Flau im Magen.
„Gut, dann Los," meint Ms. Classen und greift zum Telefon.
„Samantha, er kann rein kommen."
Er kann was??
Entsetzt sehe ich zur Tür als sie sich öffnet. Lucas betritt den Raum, stockt kurz als er mich sieht, fängt aber an zu grinsen.
„Hallo Lucas. Hannah wird heute bei unserem Gespräch dabei sein."
„Hallo Mr. Summers," begrüße ich ihn höflich und strecke meine Hand hin.
Er schüttelt meine Hand und lässt eine Kaugummiblase platzen. Ms. Classen hält ihm ein Taschentuch vor´s Gesicht

und er spuckt den Kaugummi aus.

In den nächsten Fünf Monaten passierte nichts außergewöhnliches in Lucas´ Leben. Die Gespräche verliefen normal, wir unterhielten uns, oder genauer gesagt unterhielt sich Lucas mit Ms. Classen über seine Arbeit und seinen Vermieter. Mich beachtete er kaum. Beim Letzten Termin erwähnte Ms. Classen eine Jessica und ob sich alles wieder geklärt hätte, dass war das einzige mal das er überhaupt in meine Richtung schaute. Ich saß da und machte mir Notizen. Als er schwieg, blickte ich auf und bemerkte dass er mich ansah.
„Nein sie hat mich verlassen!" antwortete er uns schaute mich stur an.
„Schon vor einem halben Jahr."
„Oh, das tut mir Leid," antwortete Ms. Classen.
Er richtete seinen Blick zu ihr und zuckte mit den Schultern.
Das war der letzte Termin, den Lucas bei ihr hatte.
Sie verabschiedete sich mit einer Umarmung.
„Vielleicht bis in 3 Jahren!" sagte sie dabei.
Vielleicht?? denke ich.
Jetzt sitze ich in meinem Büro und warte auf Lucas, wir hatten vor Zehn Minuten einen Termin. Nervös schaue ich auf die Uhr.
„Sam, ist Lucas schon hier?" rufe ich die Anmeldung an.
„Nein, leider nicht!" antwortet sie mit gedämmter Stimme.
„Habe ich etwas Falsch gemacht?"
Ich stehe vor Sam und sehe sie mit großen Augen an.
„Das weißt du bei Lucas nie so genau!"
„Er wollte doch mich als neue Betreuerin, also hat er auch zu erscheinen," meine ich etwas enttäuscht über sein Wegbleiben.
„HmmH," nickt Samantha als ihr Telefon klingelt.
„Sozialbetreuung Scott + Collins, sie sprechen mit Ms. James," meldet sie sich.

Eine Nummer aus außerhalb!? denke ich und lehne mich auf den Tresen zum warten.
„Ja, Officer. Ich stelle sie zu Ms. Smith durch, einen kleinen Moment bitte."
Ich sehe Sam mit weit aufgerissenen Augen an und sie streckt mir den Hörer hin.
„Geht um Lucas," flüstert sie dabei!
Vorsichtig nehme ich den Hörer,
„Hannah Smith, guten Tag."
„Guten Tag Ms. Smith, hier spricht Officer Mellory, wir müssen sie in Kenntnis setzten, dass sich Mr. Summers in unserer Gewahrsam befindet."
Ich sehe zu Sam die mich fragend anschaut.
„Oh was ist passiert?" frage ich und versuche professionell zu klingen.
„Barschlägerei unter Alkoholeinfluss."
Ich seufze laut.
„Ja, ma'am. Ich muss sie bitten ihn abzuholen."
Ich reiße meine Augen auf und sehe Sam an,
„ok, ich komme!" sage ich mit leicht quitschiger Stimme.
„Gut bis dann."
Ich lege auf und erzähle Sam was passiert ist. Sie fängt an zu lächeln.
„Also ich finde das gar nicht lustig."
„Von Ms. Classen hat er sich noch nie abholen lassen," muss sie zugeben.
Jetzt muss auch ich leicht schmunzeln.
Ich mache mich auf den Weg zur Polizeistation. Schon als ich die Tür öffne, sehe ich Lucas auf einem der Stühle. Er hat ein blaues Auge und Abschürfungen an den Fingerknöchel.
Er sieht mich mitleidig an als erwarte er, dass ich ihn jetzt ausschimpfen werde. Ich setze mich neben ihn und sage erst mal gar nichts. Er schaut auf den Boden und wippt nervös mit dem Bein als ein Polizist zu uns tritt.

„Ms. Smith?"
„Ja!"
„Bitte," fordert er mich auf und ich folge ihm an einen Schreibtisch.
„Sie müssen Unterschreiben und dann kann er gehen."
„Worum ging es in der Schlägerei?"
der Officer sieht mich fragen an,
„keine Ahnung! Aber er braucht keinen Grund zum Prügeln."
Scheinbar kennen sie hier Lucas.
Ich unterschreibe und gehe wieder zurück.
„Los gehen wir," fordere ich Lucas auf.
Beim hinausgehen fällt mir auf, dass sich Lucas und der Polizist gegenseitig angrinsen.
„Soll ich dich Heimfahren?"
Lucas nickt.
Während der ganzen Fahrt spricht er kein einziges Wort.
Er scheint immer noch nicht mit mir sprechen zu wollen.
Wir parken vor seiner Wohnung, sehe ihn an und warte.
Lucas bleibt sitzen und legt den Kopf zurück. Ich schalte den Motor aus, hole einen Kaugummi aus meiner Handtasche und strecke ihn Lucas hin. Er muss auflachen als er es sieht und nimmt ihn an. Kaum im Mund ist sie wieder da.
Die vertraute Kaugummiblase.!
„Willst du mir erzählen was los war? Warum du dich geprügelt hast?" frage ich nach einer Weile.
Ohne mich anzusehen schüttelt er seinen Kopf.
„Du weißt dass ich das in deine Akte schreiben muss?"
Er blickt mich an mit einem Gesichtsausdruck als wolle er dass ich es nicht tue. Nickt aber trotzdem.
„Sehen wir uns morgen im Büro?" frage ich.
Lucas fängt an zu Lächeln und nickt erneut. Ich beobachte ihn wie er die Tür aufschließt und hinein geht.

Punkt 8.30 Uhr sitzt Lucas am nächsten Tag in meinem Büro.

Wie üblich Kaugummi kauend und ohne Worte. Er sieht mir stur in die Augen mit ernster Miene. Ich lehne mich im Stuhl zurück und starre ebenfalls mit ernster Miene. Er rutscht den Stuhl herunter und legt den Nacken in die Stuhllehne.
Immer noch stur im Blick. Das kann ich auch. Ich rutsche ebenfalls im Stuhl herunter und lege den Kopf in die Stuhllehne. Ebenfalls mit Blick stur auf Lucas.
Seit etwa Fünf Minuten sitzen wir nun so da, schweigend und starren uns in die Augen. Ich drehe meinen Stuhl leicht von Rechts nach Links. Lucas fängt an mit dem Fuß zu wippen. Immer noch starren wir uns an. Immer noch mit ernster Miene. Provokativ schiebe ich mir einen Kaugummi in den Mund, er starrt immer noch, ich kaue kurz und lasse eine Blase platzen. Er fängt an zu grinsen und wendet seinen Blick ab. Beugt sich nach vorne und stützt sich auf seine Knie.
Ich lasse erneut eine Blase platzen. Er sieht mich mit gesenktem Kopf an, ich zucke mit den Augenbrauen.
Wieder muss er grinsen. Wippt erneut mit seinem Bein und schaut auf den Boden. Mittlerweile sind Dreißig Minuten vergangen. Lucas setzt sich wieder nach hinten, wieder starrt er mich wortlos an. Wieder kann ich das auch. Nach etwa Fünfzig Minuten klingelt das Telefon.
„Ja bitte?"
wir starren uns immer noch an.
„Alles Ok bei euch?"
Es ist Samantha.
„Ja klar!"
„Ok, dein 9.15 Uhr Termin wartet schon."
„Sind gleich fertig."
Er lässt eine Kaugummiblase platzen und nickt.
Ich stehe auf und strecke ihm die Hand hin,
„also danke für das tolle Gespräch, Mr. Summers."
Lucas steht ebenfalls auf, nimmt meine Hand und schüttelt sie. Hält sie leicht fest und ich spüre wie sein Daumen meine

Handoberfläche streichelt. Schnell ziehe ich die Hand zurück. Verlegen schaue ich ihn an. Er zwinkert mir zu und verlässt das Büro. Die nächsten Termine mit Lucas verlaufen ähnlich. Immer Wortlos, immer starrt er mich an, immer kann ich ihm nur Fragen stellen die er mit Ja oder Nein beantworten kann. Immer Nickt er nur oder Schüttelt den Kopf. Mittlerweile stelle ich einen Timer auf Dreißig Minuten damit mein Folgetermin nicht so lange warten muss, während wir uns anschweigen.

„Seit Drei Monaten geht das nun schon, Woche für Woche, schweigend, anstarrend," beschwere ich mich bei Mia.
Wir sitzen im Café und warten auf Samantha.
„Na wenigstens hat er keinen Unfug angestellt,"
beruhigt sie mich.
„Ich würde trotzdem gerne mal ein anständiges Gespräch mit ihm führen."
„Gib ihm Zeit!"
„Biiitteee? Wie viel Zeit braucht er denn noch?!"
„Vielleicht solltest du es ihm mal sagen, dass es dich stört?"
„Dich was stört?"
Sam betrat unseren Tisch,
„Das Lucas nicht mit ihr redet," erklärt Mia.
„Ach? Sag bloß dich stört es?"
„Ja Sam, es stört mich."
„Und was genau stört dich daran, wenn ein Kerl mit strahlend blauen Augen und zwei sexy Grübchen wenn er lacht, dich anstarrt, dir Tief in die Augen blickt, dich dabei angrinst und mit den Augenbrauen zuckt?"
fragt sie und zieht dabei selbst eine Braue nach Oben.
„Also ich finde das Sexy!!"
Sie winkt den Kellner zu uns,
„alleine die Vorstellung bereitet mir schon Gänsehaut."
Streckt mir ihren Arm unter die Nase,
„siehst du?"

„Nicht jeder empfindet so Sam," verteidigt mich Mia.
„Manche finden die Situation einfach nur unangenehm."
„Unangenehm? Wer? Hannah?"
„Ja genau!"
Sam fängt an zu lachen und bestellt sich eine Latte.
„Hannah hat doch nur Angst vor den Konsequenzen."
Beide sehen mich an, ich nippe an meinem Kaffee und versuche es zu ignorieren.
„Siehst du?" fährt Sam fort und zeigt auf mich.
„Hannah?" Mia´s Stimme klingt hoch.
„Wollen wir noch ins Kino? Heute soll der neue Film mit Channing Tatum anlaufen?" lenke ich schnell ab.
„Nicht ablenken, Hannah!" fordert Mia mich auf.
„Ich lenke nicht ab!"
„Doch tust du!"
Beide sehen mich wieder fordernd an.
„Was wollt ihr hören? Dass ich ein Kribbeln im Bauch bekomme, umso länger er mich so anstarrt? Dass ich kurz vor seinem Termin Schnappatmung bekomme, weil er gleich da sein wird? Das mir fast jedes mal irgendwas aus der Hand fällt wenn er an der Tür klopft?"
Ich lasse mich nach hinten fallen und halte mir meine Hände vor´s Gesicht,
„und Ja! Ich habe Angst vor den Konsequenzen. Es gibt immer Konsequenzen."
Als ich meine Hände wieder nach unten nehme, sitzen die beiden grinsend vor mir und schauen mich an.
„Und welche hätten es deiner Meinung nach bei Lucas?" fragt Mia scheinheilig.
„Ich bin seine Sozialarbeiterin! Ich könnte gefeuert werden!"
„Pfffff," pustet Sam,
„du kannst seinen Fall auch abgeben!"
„Und welchen Grund sollte ich angeben? Entschuldigung Ms. Classen, ich möchte den Fall Summers nicht mehr

betreuen, da ich mich in ihn verliebt habe?!"
Sam beugt sich zu mir nach vorne,
„Du könntest auch sagen, ich fühle mich sexuell zu ihm hingezogen und daher ist es mir nicht mehr möglich ihn zu betreuen. Aber das verliebt Dings ist auch nicht schlecht."
Sie lehnt sich wieder nach hinten,
„ist wenigstens die Wahrheit."
Ich sehe zu Mia, sie lacht immer noch und nickt.
Ich seufze.
Doch die Zwei hatten Recht, ich habe Angst vor den Konsequenzen. Die, die es haben kann wenn ich mich auf ihn einlasse und es nicht klappt. Die, die es sein können wenn ich mit ihm schlafe ohne seinen Fall vorher abgegeben zu haben. Das was passieren könnte, wenn...
Trotz all dem muss ich mir aber eingestehen, ich hatte mich verliebt. In einen Jungen der noch nie ein Wort mit mir gesprochen hat, der mich alleine mit seinen Blicken verrückt macht. Der mich angrinst und mein Herz höher schlagen lässt.
Ich habe mich in Lucas verliebt, und das macht mir am meisten Angst.

Kapitel 4
das erste Wort

Heute habe ich eigentlich keinen Termin mit Lucas. Er erschien aber trotzdem, ich sitze an meinem Schreibtisch und werde nervös, lasse ihn schon Zehn Minuten warten, obwohl ich nichts zu tun habe. Schiebe seit Zehn Minuten die Schreibutensilien zurecht. Samantha ruft mich an,
„also ich sagte doch dass ich es Sexy finde wenn er mich so anstarrt und kein Wort sagt, aber in dieser Situation lenkt es mich ab," flüstert sie ins Telefon.
„Ach dann soll er lieber mich ablenken?"
„Ja! Wenn du mit ihm auf dem Klo verschwindest, merkt es niemand, bei mir schon," scherzt sie.
Ich höre das platzen der Kaugummiblase
„Du kannst rein, Lucas!"
„Was? Nein! Das habe ich nicht gesagt! Sam?"
Es klopft an der Tür.
„Herein.." quietsche ich.
Lucas betritt mein Büro und setzt sich sofort, legt mir ein Schreiben auf den Tisch, stützt sich auf seine Knie und sieht mich fordernd an. Kein Lächeln, es scheint Ernst zu sein.
„Guten Morgen Lucas, setz dich doch!"
Immer noch kein Lächeln, ich nehme das Schreiben in die Hand und lese.

Sehr geehrter Mr. Summers,
nach dem Tod meines Vaters bin ich leider gezwungen die Firma etwas kleiner zu halten. Was nichts anderes heißt wie ich muss Entlassungen machen. Da sie schon mehrmals Negativ aufgefallen sind, befinden sie sich darunter.
Ich muss ihnen die Kündigung aussprechen.
Die Kündigung wird rechtskräftig binnen 4 Wochen.
Ich bitte sie um Verständnis und wünsche ihnen alles Gute.

Mit freundlichen Grüßen

J. Masterson

Ok das war Ernst. Ich schaue ihn an, er stützt sich immer noch auf seine Knie und schaut mich fragend an.
„Soll ich mit diesem J. Masterson mal reden?"
Lucas nickt mir zu. Ich greife zum Hörer und rufe in der Firma an. Er lässt sich nach hinten fallen.
„Guten Tag Hannah Smith hier von der Sozialbetreuung Scott + Collins, könnte ich bitte mit Mr. Masterson sprechen?"
Lucas schüttelt den Kopf.
„Tut mir Leid, Mr. Masterson ist leider verstorben," höre ich die Dame am anderen Ende der Leitung.
„Oh Entschuldigung mein Beileid, aber ich wollte Mr. J. Masterson sprechen."
Lucas schüttelt wieder den Kopf.
Ich sehe ihn Stirnrunzelnd an,
„Mr. J. Masterson?" die Dame klingt verwirrt.
„Ja J. Masterson," antworte ich.
„Ach sie meinen Jessica Masterson?! Ms. Masterson ist zur Zeit nicht zu sprechen," klärt sie mich auf.
Ich blicke zu Lucas.
„Ms. Masterson! Entschuldigen sie bitte,"
Lucas nickt. Ich sehe ihn Böse an.
„Könnte mich Ms. Masterson bitte anrufen wenn sie sich einen Moment Zeit nehmen kann?"
„Ich richte es aus."
Immer noch sehe ich ihn Böse an als ich den Hörer auflege.
„Das hättest du mir auch sagen können, dass es seine Tochter und nicht sein Sohn ist?" platzt es aus mir heraus,
„Oh ich vergaß du sprichst ja nicht mit mir!"
Lucas sieht mich entsetzt an, damit hatte er wohl nicht gerechnet.
„Ein Zeichen mit den Händen hätte mir auch gereicht, oder kennst du das Zeichen für weiblich nicht?"
Ich stehe auf und beuge mich über den Schreibtisch, immer noch schaut er entsetzt.

„Naja Mr. Summers, wenn man sich entschließt nichts zu sprechen sollte man wenigstens die Zeichensprache beherrschen."
Er sieht mich ernst an, hört auf Kaugummi zu kauen, behält ihn aber im Mund.
„Kennst du das Zeichen für, geh jetzt bitte?"
Ich sehe ihm Tief in die Augen und zeige zur Tür. Er atmet schwer und wendet seinen Blick ab.
„Ich melde mich bei dir wenn sie angerufen hat."
Beim hinausgehen höre ich wie er leise *tut mir Leid* flüstert.
Ich ignoriere es, tue so als hätte ich es nicht gehört, ohne einen weiteren Blick schließt er die Tür.
Wütend reiße ich die Tür wieder auf und stampfe hinterher.
Er steht bei Samantha als ich ihn eingeholt habe. Da mein neues Büro etwas weiter vorne liegt, war mein Protest wohl bis zu ihr zu hören, denn sie sieht uns fragend an.
Ich werfe Lucas erneut einen bösen Blick zu und wende mich an Sam,
„lege das Schreiben bitte in seine Akte," sage ich wütend.
„Was hat sie denn?" flüstert sie Lucas zu. Er sieht mich mitleidig an.
„Lass das!" sage ich ernst und immer noch wütend, als er eine Kaugummiblase platzen lassen wollte. Er unterbricht und schluckt ihn herunter. Wortlos verlässt er den Vorraum.

Es ist schon Abend, Sam hat sich verabschiedet. Die Putzfrau wischt bereits die Räume. Ich sitze noch über einigen Akten die ich vor lauter Wut nicht rechtzeitig bearbeitet habe.
„Hallo, ja sie können kurz rein. Sie sitzt auch noch drin,"
höre ich die Putzfrau sagen.
Ich stehe auf und laufe zur Tür, gerade als ich die Tür öffnen wollte schiebt jemand einen Brief unten durch. Draußen sehe ich einen Schatten. Ich hebe den Brief auf,
Hannah steht vorne drauf geschrieben. Vorsichtig öffne ich

die Tür und strecke meinen Kopf hinaus. Sehe Lucas noch beim hinausgehen, er bedankte sich bei der Putzfrau.
Ich setze mich wieder an meinen Schreibtisch und öffne den Umschlag.

Hallo Hannah,
bitte entschuldige mein kindisches Verhalten. Du verdienst eine Erklärung. Ich habe schon früh gelernt, dass es leichter ist wenn ich nichts sage. Wenn ich still bin und er mich nicht bemerkt, kann er mich nicht prügeln. Wenn ich still bin werde ich ihn nicht reizen können und er wird mich nicht prügeln. Wenn ich nicht spreche kann ich auch keine Schlägerei provozieren, wenn ich nicht spreche werde ich nichts falsches sagen und meinen Chef beleidigen. Wenn ich ruhig bin werde ich keinen Streit provozieren, den meine Freundin verletzt. Ich kam bisher sehr gut damit zurecht. Doch bei dir ist es anders. Dich verletzte ich weil ich nicht spreche. Bei dir provoziere ich einen Streit weil ich ruhig bin. Ich möchte mich dafür bei dir entschuldigen. Ich bin auch bereit für die Konsequenzen ;-)
Die, die es haben wird weil ich nicht mit dir geredet habe und du diese peinliche Situation (Mr. J. Masterson) hattest.

Lucas

Ich seufze, damit hatte ich nicht gerechnet. Mir war klar, dass er einen Grund hatte warum er nicht sprechen möchte, doch an diese Gründe dachte ich nicht. Ich hole ein Blatt Papier aus der Schublade und fange an zu Scheiben.

Hallo Lucas,

ja ich bin dir Böse, weil ich muss professionell sein als Sozialarbeiterin. Und diese Verwechslung ist in keinster Weise professionell. Doch nun verstehe ich deine Gründe über das Schweigen. Du solltest aber wissen, ich werde dich nicht prügeln, ich werde dich vor den prügeln beschützen. Bei mir provozierst du keine Schlägerei wenn du sprichst, und beleidigend wirst du sicher auch nicht. Also versuche es doch einfach mal. Ein einfaches Hallo Hannah, reicht doch für 's erste. Keine Angst vor den Konsequenzen, es sind meine Konsequenzen und ich werde sie ausbaden.

Hannah

Ich stecke den Brief in einen Umschlag und schreibe **Lucas** darauf, stecke ihn in meine Handtasche und beschließe den Brief persönlich bei ihm einzuwerfen.

Die nächsten 14 tage sehe ich Lucas nicht. Er sagte den Termin ab. Liegt mit Grippe im Bett. Mittlerweile hatte sich auch Ms. Masterson entschlossen mich zurück zurufen und ich habe einen Termin bei ihr. Ich sitze in ihrem Arbeitszimmer und warte seit Fünfzehn Minuten als sie herein kommt.

„Entschuldigen sie die Verspätung, hier geht es aber zur Zeit drunter und drüber."
„Schon in Ordnung."
Sie setzt sich an den Schreibtisch und mustert mich.
„Worum geht es, Ms. Smith?"
„Um die Kündigung von Mr. Summers!"
„Ah ich verstehe," sie lehnt sich zurück und dreht ihren Stuhl von Rechts nach Links.
„Ich wollte sie fragen ob es nicht doch noch eine Möglichkeit gibt seine Kündigung zurückzuziehen?"
Sie beugt sich nach vorne und sieht mir in die Augen,
„Nein!"
„Ms. Masterson ich vergewissere ihnen..."
„Sind sie jetzt seine neue Mama?" unterbricht sie mich.
„Das er seine Aggressionen therapeutisch im Griff hat," ignoriere ich ihren Kommentar.
„Was ist aus Ms. Classen geworden? Hatte wohl die Schnauze voll!"
„Sie ist im Mutterschutz!"
„Ah, sie hat jetzt ein eigenes Baby um dass sie sich kümmern muss, verstehe."
„Nein sie verstehen mich nicht, es ist Lucas sehr wichtig diesen Job behalten zu können," sage ich energisch.
„Das weiß ich. Das hat er mir bereits gesagt."
„Und warum geben sie ihm keine Zweite Chance?"
Sie fängt an zu Lachen.
„Weil ich ihm damit Weh tun kann!!"
„Bitte Was?" frage ich entsetzt.
„Vor einiger Zeit habe ich mich von ihm getrennt, weil mein Vater mir sonst nicht die Firma vererbt hätte," fängt sie an zu erklären.
Ach das ist also diese Jessica! dämmert es mir.
„Als er starb wollte ich unsere Beziehung wieder auffrischen, und da blockte er mich ab," ihre Stimme klang energisch.

„Sagte er hätte keine Gefühle mehr für mich. Wäre in eine andere verliebt."
Sie lacht erneut und schüttelt den Kopf.
„Also kündigen sie ihn aus Rache?" frage ich verwirrt.
„Genau!"
Ich ziehe die Augenbrauen nach oben und sehe sie an,
„Ich fasse zusammen, Lucas ist ihr Ex-Freund, den sie verlassen haben, weil ihr Vater sie sonst enterbt hätte, nach dem Tod wollten sie ihn aber wieder zurück, weil er mittlerweile neu verliebt ist und sie nicht mehr will, kündigen sie ihm? Soweit richtig?"
Jessica nickt. Ich mache mir Notizen.
„Was notieren sie da?" fragt sie neugierig.
„Och nur dass sie ihm gekündigt haben weil er nicht mit ihnen Schlafen will."
Jessica schaut mich fragend an,
„ist für die Akten."
Ich stehe auf und laufe zur Tür,
„danke Ms. Masterson ich finde alleine hinaus. Sie bekommen demnächst Post."
„Was für Post?" ruft sie mir zu,
„Von unserem Anwalt."
„Weswegen?"
„Sexuelle Nötigung und ungerechtfertigte Kündigung, schönen Tag noch Ms. Masterson."
Zufrieden verlasse ich das Büro. Erst im Auto wird mir Klar was sie gesagt hatte, er ist *neu verliebt?!*

Samantha, Mia und ich sitzen bei uns Zuhause und ich erzähle ihnen die Geschichte über die Kündigung.
„Weil er sie nicht Bumsen will, hat sie ihn gekündigt?" fragt Sam entsetzt.
„das ist ja ein starkes Stück."
„Ich habe den Anwalt eingeschaltet, sie wird ihm eine

ordentliche Abfindung bezahlen müssen," sage ich grinsend.
„Und zum Dank wird er dann dich Bumsen," prostet sie mir zu.
„Saaaamm!" gebe ich errötet zurück.
„Was denn? Diese Jessica sagte doch er sei neu verliebt, und das bist eindeutig du?"
„Ja aber deshalb werden wir nicht gleich, na du weißt schon!"
Ich bin immer noch errötet.
„Sag bloß du willst nicht mit ihm.. Na du weißt schon..!" betont sie.
„Ja, Nein, Ich meine..!" stottere ich.
„Was jetzt? Ja oder Nein?" grinst sie mich an.
„Ja ich will, Aber..!" gebe ich zu.
„Ja ich weiß die Konsequenzen!"
„Genau!"
„Weiß Lucas es schon?" mischt sich Mia ein.
„Was? Das sie ihn Bumsen will?"
„Saaamm!" rufe ich erneut.
„Nein! Das mit der Abfindung!"
„Ich sage es ihm am Montag, wenn er zum Termin erscheint."
„Das du ihn Bumsen willst?"
„Saaammm!" kommt es synchron aus Mia und meinem Mund.
Samantha hat eindeutig ein Glas Prosecco zu viel.

Am Montag komme ich etwas verspätet ins Büro, weil mein Auto eine Panne hatte.
„Morgen Sam, ich hasse dieses Auto!"
„Morgen Hannah, Lucas sitzt schon drin. Ich hoffe du hast nichts dagegen."
„Nein schon gut."
„Ich konnte ihn hier nicht sitzen lassen."
Ich sehe mich um, alle Wartestühle sind frei.
„Warum?"
„Ich muss immer an die Bumsen Sache denken."
„Pssst" flüstere ich ihr zu.

Toll. Jetzt muss ich auch wieder daran denken.
Ich öffne die Tür, haste hinein,
„Hallo Lucas, entschuldige bitte die Verspätung,"
und setze mich an den Schreibtisch.
„Hallo Hannah," grinst er mich an.
Ich dachte erst ich hätte mich verhört.
Er hatte also meinen Brief gelesen.

Kapitel 5
Codewort Tennis spielen

„Hast du Lucas auch eingeladen?" fragt mich Sam und setzt sich vor meinen Schreibtisch.
Sie und Mia wollen für mich eine Party schmeißen weil ich nun schon ein Jahr in der Firma bin.
„Nein."
„Gut ich habe es nämlich getan."
„Sam?!"
„Was? Ist doch nur eine Party!"
Ich sehe sie ernst an.
„Jetzt komm schon, sei nicht böse, einer musste es ja tun."
„Kommt er?" frage ich nervös.
„Was denkst du?" hält sie mich hin.
Ich zucke mit den Schultern und widme mich wieder meinem Schreiben.
Die Anzeige gegen Ms. Masterson geht nun endlich vor Gericht. Bisher haben wir nur Lohnfortzahlung durchgesetzt. Sie muss ihm weiter das Gehalt zahlen auch wenn er zur Zeit nicht bei ihr arbeitet. Die Kündigung wurde nichtig und er wurde freigestellt.
Sam sieht über den Tisch um zu sehen was ich bearbeite.
„Hat er sich schon bei dir bedankt?" zwinkert sie mir zu.
„Nicht auf die Weise, die du denkst!" antworte ich ihr ohne sie anzusehen.
„Was denke ich denn?"
Ich sehe sie an und sie zuckt mit den Augenbrauen.
„Genau das!"
„Ich verstehe nicht wie du das durchhältst!" seufzt sie.
„Was denn?"
„Zu wissen dass er dich Bumsen will, und es nicht zu tun, obwohl du es auch willst."
Ich lasse mich nach hinten fallen und sehe sie genervt an.

„Als erstes sage nicht immer Bumsen. Als Zweites du weißt nicht 100% ig ob er in mich verliebt ist."
Sie sieht mich ebenfalls genervt an,
„Als erstes doch weiß ich, und als Zweites wie soll ich sonst dazu sagen?"
„Keine Ahnung. Wie wäre es mit," ich überlege kurz, „Tennis spielen?"
„Tennis spielen?" wiederholt sie.
„Ja genau!"
„Ok wie du meinst ich werde Tennis spielen dazu sagen."
Dabei setzt sie die Wörter Tennis und Spielen mit ihren Fingern in Gänsefüßchen.
„Danke!"
Es klopft an der Tür.
„Entschuldige es sitzt niemand vorne ich wollte nur,"
Es war Lucas.
„Hannah zum Tennis spielen abholen?" lacht Sam und drückt sich an ihm vorbei. Ich schmeiße ihr einen Stift nach. Lucas sieht mich fragend an und hebt den Stift auf.
„Du spielst Tennis?" fragt er mich und ich höre Sam´s Gelächter aus dem Flur. Lucas zieht eine Braue nach oben und lächelt mich an.

Am Tag der Party husche ich total nervös durch das Büro.
„Ich bin mir sicher er wird heute Abend auch kommen," erwähnt Sam beiläufig.
„dann könnt ihr zusammen Tennis spielen."
Ich sehe sie ernst an.
„Ich bin mir sicher er kann ganz hervorragend Tennis Spielen," neckt sie mich weiter.
Abends stehe ich vor dem Spiegel und wechsle zum Fünften Mal mein Outfit. Mia beobachtet mich dabei.
„Zieh doch das an?"
sie hält mir das Outfit unter die Nase, dass sie mir damals

ausgesucht hatte.

„Auf gar keinem Fall!!" protestiere ich und reiße es ihr aus der Hand. Die ersten Gäste kommen schon, Freunde von Mia und mir und ein Paar die Sam eingeladen hatte.

Ich entschied mich für ein knielanges Strickkleid, eine schwarze Strumpfhose und damit das ganze nicht zu langweilig aussieht, die roten Lackstiefel.

Die Party ist auf dem Höhepunkt, doch Lucas ist immer noch nicht da. Enttäuscht schaue ich in die Runde.

„Keine Ahnung er sitzt seit einer Stunde auf der Veranda," höre ich Peggy, eine Freundin, sagen. Ich laufe zu den beiden und sehe aus dem Fenster.

„Lucas!" sage ich glücklich und gehe nach draußen.

Er sitzt auf dem Boden und lehnt sich gegen die Wand. Kaugummi kauend starrt er in den Himmel.

Wortlos setze ich mich neben ihn und schaue ebenfalls in den Himmel.

„Hallo Hannah," sagt er ohne mich anzusehen.

„Hallo Lucas," antworte ich, ebenfalls ohne ihn anzusehen.

Im Augenwinkel sehe ich dass er leicht schmunzelt.

Ich stehe auf und strecke ihm die Hand hin.

„Komm bitte mit rein?!"

Er greift nach meiner Hand und steht auf. Händchenhaltend laufen wir hinein. Ich stelle ihm ein paar unserer Freunde vor, als wir immer noch Händchenhaltend vor Sam und Mia zum stehen kommen. Beiden fällt es natürlich sofort auf. Sie sehen uns grinsend an. Reflexartig lasse ich los. Sam schüttelt nur den Kopf.

„Deine Party, keine Konsequenzen, mach was daraus. Und wenn du Tennis spielen willst, du weißt ja wo der Tennisplatz ist?" sie zwinkert Lucas zu und lässt uns stehen.

„Äh ja! Mia kennst ja schon, zumindest habt ihr euch schon mal gesehen," stelle ich die beiden vor und lenke schnell ab.

Lucas spricht nicht viel, antwortet hauptsächlich mit ja und nein oder hält seine Antworten knapp wenn er etwas gefragt wird. Mia lässt sich neben uns auf das Sofa Plumpsen und streckt ihm ein Bier hin.
„Wo ist Sam?" frage ich weil ich sie schon ein Weilchen nicht mehr gesehen hatte.
„Sie ist auf der Suche nach einem Tennispartner!"
Ich sehe zu Lucas, der schmunzelnd ein Schluck trinkt.
„Anscheinend ist es ihr egal ob Männlich oder Weiblich," fährt sie fort und zeigt hinter uns. Wir drehen uns um und sehen Sam flirtend bei Peggy stehen.
„Oh, wenn sie mit ihr Tennis spielen geht, dann gibt es wahnsinnige Konsequenzen!" werfe ich ein. Mia nickt.
„Tom teilt nicht gerne seinen Tennispartner," erkläre ich Lucas und zeige auf Tom. Lucas lacht. Ich lasse ihn einen Moment alleine und gehe auf Toilette. Der Rückweg fällt mir schwerer als gedacht, ständig werde ich aufgehalten. Als ich endlich wieder am Sofa ankomme ist er weg. Voller Panik suche ich ihn.
„Er ist draußen auf der Pool liege," beruhigt mich Sam die völlig zerzaust vom Garten herein kommt.
Entsetzt sehe ich sie an,
„beruhige dich ich habe nicht mit ihm Tennis gespielt."
„Sondern?"
„Wir haben uns nur unterhalten."
„Worüber?"
Sie lacht mich an,
„Tennis!!"
und läuft weiter.
Lucas liegt auf der runden Pool liege mit seiner Flasche in der Hand, Kaugummi kauend, in den Himmel schauend.
Ich lege mich neben ihn, er fängt an zu grinsen,
„Hallo Hannah!"
„Hallo Lucas!"

Schweigend liegen wir neben einander als er sich plötzlich zu mir umdreht und sich auf seiner Schulter abstützt. Er sieht mir Tief in die Augen und lächelt dabei. Mir wird ganz Flau im Magen. Ich streiche ihm eine Haarsträhne aus dem Gesicht, er nimmt meine Hand und küsst sie. Ich verspüre ein kribbeln im Bauch. Langsam bewegt er seinen Kopf nach unten, unsere Nasen berühren sich leicht. Wieder lächelt er mich an und schüttelt seinen Kopf. Hebt ihn wieder an.
„Kannst du mit den Konsequenzen leben, Hannah?"
fragt er als ich ihn wieder zu mir ziehen will.
„Welche Konsequenzen?" frage ich in der Hoffnung er küsst mich gleich.
„Die, die es haben kann wenn wir jetzt weiter machen."
Ich atme Tief ein, schließe meine Augen und setze mich auf.
„Ich weiß es nicht Lucas."
Er setzt sich ebenfalls auf, sieht mich mit gesenktem Kopf an.
„Sag mir Bescheid wenn du es weißt, Hannah."
Küsst mich auf die Wange und läuft zurück zur Party.
Ich lasse mich wieder nach hinten fallen.
Ich hasse Konsequenzen..!
Als ich zurück komme, sitzt Lucas neben Sam und Mia im Sofa nach unten gerutscht und hat die Augen geschlossen. Die Arme verschränkt und wippt mit dem Bein. Ich lehne mich über ihn und stütze mich hinter ihm ab. Er öffnet die Augen. Sieht mir stur in meine und kaut auf seinem Kaugummi. Ich beuge mich näher zu ihm, wieder berühren sich unsere Nasen leicht, immer noch hält er die Arme verschränkt, immer noch starrt er mir in die Augen, immer noch kaut er seinen Kaugummi, immer noch wippt das Bein. Ich berühre sanft seine Lippen, schaue ihn dabei an. Er hört auf mit dem Fuß zu wippen und den Kaugummi zu kauen. Ich rutsche auf seinen Schoß, immer noch hält er die Arme verschränkt. Ich presse meine Lippen auf seine und schließe meine Augen. Er legt seine Arme um meinen Körper. Ich spüre seine Zunge in

meinem Mund und lasse sie mit meiner kreisen. Ich atme schwer und drücke mich an ihn. Um mich herum vergesse ich alles. Genieße den Moment. Stoppe nach einer Weile, stehe auf. Lucas grinst mich an, Sam und Mia starren mich mit offenem Mund an.

„Meine Party, keine Konsequenzen!" sage ich und lasse eine Kaugummiblase platzen.

Ich fühle mich großartig...!

Keine Konsequenzen rede ich mir ständig zu. Wir teilen uns noch weitere male den Kaugummi und mit jedem Kuss, hören wir ein Seufzer aus Sam´s Richtung, die uns beneidend anschaut. Ich weiß gar nicht wie ich eigentlich ins Bett gekommen bin. Am nächsten Morgen wache ich auf und erschrecke kurz. Lucas liegt neben mir.

Verdammt

Ich sehe mich im Zimmer um, unsere Kleidung liegt wild verstreut im Zimmer.

Nochmal Verdammt

Schaue unter die Decke,

Verdammt, Verdammt, Verdammt

wir tragen beide nur eine Unterhose.

Was normalerweise nicht meine bevorzugte Nachtbekleidung ist. Ich überlege, kann mich nicht erinnern, ich erinnere mich noch dass Sam ihren Frust über keinen gefundenen Tennispartner weg trinken wollte und eine Flasche Wodka aus ihrer Tasche holte.

Viermal Verdammt

Ich schleiche mich aus dem Bett und ziehe mir ein Shirt an. Öffne leise die Tür und gehe in die Küche. Sam und Mia sitzen bereits am Tisch.

„Guten Morgen," sage ich.

„Was soll denn daran gut sein?" fragt Sam und hält sich den Kopf.

„Na wenn ich Sex gehabt hätte, wäre mein Morgen auch gut!"

antwortet Mia.
Ich sehe sie entsetzt an.
„Ach ja ich vergaß!" brummelt Sam.
Ich starre beide entsetzt an.
„Oh entschuldige, wenn wir Tennis gespielt hätten!"
Sam verdreht die Augen und hat einen Sarkastischen Ton.
„Oh Gott!" kommt es quietschend aus meinem Mund,
„die Konsequenzen!!" synchronisieren Mia und Sam und lachen.
Schnell stehe ich auf und renne in mein Zimmer.
„Lucas, Lucas," schüttle ich ihn wach,
„steh auf Lucas!"
Er dreht sich und öffnet die Augen.
„Morgen."
„Du musst gehen Lucas."
Er stützt sich auf seine Ellenbogen,
„jetzt gleich?"
„Ja, Jetzt!"
„Warum?"
„Die Konsequenzen," lachen Sam und Mia, die an der Tür stehen und uns beobachten.
Er lacht mich an, ich schiebe die beiden aus dem Zimmer.
„Bitte Lucas, zieh dich an!" flehe ich und sammle seine Kleidung ein.
„Das hätte gar nicht passieren dürfen!"
„Was.."
„Nein, Lucas bitte..!" flehe ich panisch weiter.
„Du darfst es niemandem erzählen."
„Ok wenn du das willst," sieht er mich leicht verwirrt an.
„Wir haben uns nie geküsst und hatten nie Sex!" fuchtele ich mit den Händen.
„Wir hatten nie Sex!" fuchtelt er zurück.
„Bitte Lucas, es darf niemand erfahren."
„wegen den Konsequenzen?" fragt er mit gebückten Blick

beim Schuhe anziehen.
„Ja! Erst wenn alles vorbei ist, die Verhandlung und so...!"
„Dann?" fragt er weiter und tritt näher.
„Lucas, bitte!"
Wie gern würde ich ihn jetzt küssen.
„Sie es einfach als weiterer One-Night-Stand, nein, vergiss es einfach, wir haben nicht miteinander geschlafen!"
Ich schlage die Hände vor das Gesicht.
Oh Gott wenn ich mich doch nur erinnern könnte..
Lucas lacht auf,
„Hannah du warst..!"
„Nein, kein Wort darüber," flehe ich erneut. Schiebe ihn aus dem Zimmer.
„Gut, kein Wort darüber!" nickt er. Ich wirke erleichtert.

Diesmal bin ich diejenige die nicht spricht. Lucas sitzt vor mir auf dem Stuhl und sieht mich an. Mehr wie ein kurzes, quietschendes *Hi* habe ich nicht herausbekommen.
Er scheint genau zu wissen was in mir vorgeht, denn jedes mal wenn ich seinen Blick erwidere, lächelt er mich an.
„Das war eine tolle Party, Hannah!" fängt er schließlich ein Gespräch an.
„AHMM," nicke ich verlegen.
„Du hattest wieder deine Lackstiefel an."
Ich blicke auf,
„Äh, ja. Kann sein!"
„Die gefallen mir!"
„Wirklich??" quietsche ich auf.
Er nickt,
„Ja nur scheiße zum ausziehen," und lacht dabei, beugt sich nach vorne und wartet auf eine Reaktion.
„Du musst sie ja nicht ausziehen," sage ich ohne ihn anzusehen.
„Wirklich? Das habe ich anders in Erinnerung!"

Jetzt sehe ich ihn doch etwas überrascht an.
Oh Gott..
„Ist der Reißverschluss noch kaputt?" fragt er mit gesenktem Kopf und Blick nach oben, wobei er ein kleines verschmitztes Grinsen auflegt.
Nochmal Oh Gott.
Ich starre ihn an.
„Er hatte sich in deinem Strickkleid verfangen," fährt er fort und setzt sich wieder nach hinten.
„Ich habe dir gesagt zieh erst die Stiefel aus, aber du meintest, so geht es schneller."
Ich starre mit offenem Mund. Er lacht.
„Und dann??" frage ich leise.
Lucas steht auf und beugt sich über den Schreibtisch, ganz nah an mich.
„Ich soll nicht darüber reden," zwinkert er mir zu,
„bis dann Hannah!" und verlässt mein Büro.
Ich schlage die Hände vor's Gesicht.
Versuche mich zu erinnern, den ganzen restlichen Tag geht mir dieses Gespräch nicht mehr aus dem Kopf.
„Sam, haben Lucas und ich wirklich Tennis gespielt?" frage ich sie in der Mittagspause.
Sie sieht mich mit schräg gesenktem Kopf und runzelnder Stirn an.
„Du weißt das nicht mehr?"
„Nein ich kann mich nicht erinnern!"
„Na das kann nur eins bedeuten..!"
„Was??" frage ich, wieder ist meine Stimme leicht quietschig.
„Er war so schlecht, dass du es verdrängt hast," lacht sie.
„Sam! Bitte.."
„Ich weiß es doch auch nicht Hannah! Oder glaubst du ich habe euch zugeschaut?"
Ich beiße verlegen von meinem Sandwich ab.
„Frag ihn doch einfach!" meint Sam beiläufig.

„Wen?" wieder quietscht meine Stimme.
„Den Weihnachtsmann!!" sieht sie mich ernst an,
„Na Lucas. Wen denn sonst?!"
„Und wie? -hey Lucas haben wir gebumst? Ich kann mich nämlich nicht erinnern. War ich gut?-" sage ich sarkastisch.
Sam sieht mich entgeistert an,
„nein, so würde ich ihn fragen, in deinem Fall würde es sich eher wie -haben wir in der Nacht der Party miteinander Tennis gespielt? Versteh mich nicht falsch, du spielst bestimmt hervorragend Tennis, aber leider habe ich einen totalen Blackout und kann mich nicht erinnern- anhören."
spottet sie mir zu.
Ich erröte, sie hat leider Recht. Und die Tatsache das ich mich nicht erinnere macht es mir besonders Schwer.
„So so, was höre ich denn da?" kommt es aus dem hinteren Bereich der Salatbar. Es war Vicky, eine Arbeitskollegin aus der Jugendabteilung in der 3. Etage.
„Du hattest also Sexuellen Kontakt mit Lucas?"
„Was geht dich das an?" faucht Sam zurück.
„Ist Lucas nicht einer deiner Schützlinge, Hannah!"
„Ich, Äh, Nein, Äh..!"
fange ich an zu stottern und suche eine Ausrede.
„Dann habt ihr nicht über Lucas Summers gesprochen?"
quält sie mich weiter.
Hilfesuchend sehe ich zu Sam.
„Kümmer dich bitte um deinen eigenen Scheiß, Vicky-Schätzchen!" faucht sie erneut.
Vicky lächelt nur und widmet sich wieder ihrem Salat.
„Toll das hat uns gerade noch gefehlt!" flüstert mir Sam zu.
„Warum?" flüstere ich zurück.
„Vicky ist die beste Freundin von Jessica!" erklärt sie mir.
Ich sehe sie entsetzt an.
„Durch sie hat Lucas den Job in der Schreinerei erhalten, wo er natürlich Jessica auch kennen lernte."

Oh Oh, denke ich und werde wieder Rot.
„Siehst du, dass sind die Konsequenzen die ich gemeint habe..!" quietsche ich sie an.
Sam verdreht die Augen,
„Abwarten!"

Abwarten! Das sagte sie so leicht. Zuhause frage ich Mia ebenfalls nach der Nacht der Party. Sie reagiert ebenfalls wie Sam.
„Ich habe euch ja nicht zugeschaut. Frag ihn doch!"
„Ihr seit mir echt keine große Hilfe!"
In meinem Zimmer in der Ecke liegen noch die Lackstiefel, an einem war wirklich der Reißverschluss defekt. Ich sehe auch nach meinem Strickkleid. Es löst sich auf.
Oh Je..
Ich muss immer an Vicky denken und ihrem Schaden freudigen Blick, den sie mir zuwarf.
Es ist nur eine Frage der Zeit, bis Jessica davon erfuhr.

Vierzehn tage passierte nichts in der Richtung. Ich habe Lucas nur einmal wiedergesehen um mit ihm den Gerichtstermin zu besprechen. Er merkte mir an dass etwas nicht stimmte, ging aber nicht näher darauf ein. Ich brachte ihn noch zum Fahrstuhl und er berührte meine Hand als sich die Tür öffnete.
Erschrocken zog ich sie zurück.
„Hallo Vicky."
„Hannah, Lucas," grinst sie uns an.
„Hallo," antwortete er und betrat den Aufzug.
Vicky trat heraus, die Tür schloss sich.
„Es war also nicht Lucas Summers?!" flötete sie mir zu und ging in den Kopierraum neben den Fahrstühlen.
Doch jetzt ist der Tag der Verhandlung und ich sitze neben Lucas vor den Räumen im Gericht und wirke sichtlich nervös.
Jessica betritt die Flure. Ihr Lachen durchquert meinen Körper

bis ins Mark. Lucas schaut ihr unbeeindruckt nach und kaut Kaugummi.
„Mr. Summers bitte.." fordert der Gerichtsdiener ihn auf.
Ich halte ihn zurück und lasse ihn den Kaugummi in meine Hand spucken. Zaghaft lächelt er mich an bevor er das Gerichtsbüro betritt. Ich spüre wie Jessica mich beobachtet und sehe sie an. Wieder fährt ihr Grinsen mir durch Mark und Bein. Als Lucas wieder herauskommt, wird er aufgefordert im Nebenraum zu warten. Jessica ist die nächste. Auch sie muss nach der Befragung in den Nebenraum.
„Ms. Smith, bitte.."
Ich bin dran. Nervös laufe ich an den Schöffen vorbei und setze mich auf den Stuhl.
Der Richter liest eine Akte die ihm vorliegt.
„Vollständiger Name und Beziehungsstatus zu Mr. Summers, bitte!" fordert er mich auf.
„Hannah Smith, staatliche Sozialarbeiterin.
Ich bin Mr. Summers Betreuerin."
„Ms. Smith, ist es richtig dass sie die Anklage wegen Sexueller Nötigung eingereicht haben?"
fragt er mich ohne mich anzusehen.
„Ja. Mr. Summers wurde gekündigt weil er nicht mit Ms. Masterson schlafen wollte," antworte ich und rutsche auf dem Stuhl herum.
Er sieht mich mit gehobenem Kopf an, seine Brille ist leicht nach unten gerutscht und er versucht drüber zu blicken.
„Wie sind sie zu dieser Aussage gelangt?"
„Sie hat mir es gesagt."
„War jemand anwesend, bei dieser Aussage?"
Ich senke meinen Kopf,
„Nein!"
Er schlägt die Akte zu.
„Sie erzählte mir sie hätte ihn gekündigt um ihm Weh zu tun, weil er nein gesagt hatte," versuche ich zu ergänzen.

„Ms. Masterson dementiert diese Vorwürfe."
wirft ein Schöffe ein.
Ich muss leicht lächeln,
„natürlich tut sie das, warum sollte sie die Wahrheit sagen."
Der Richter schiebt seine Brille nach oben.
„Sie sagte dass sie, Ms. Smith, ihr mit dieser Anzeige gedroht hätten, wenn sie die Kündigung nicht zurück ziehen würde."
„Was??" rufe ich laut.
„Warum sollte ich dies tun?"
„Laut Ms. Masterson weil sie selbst eine Sexuelle Beziehung zu Mr. Summers haben."
„Ich, ich habe keine Sexuelle Beziehung zu Mr. Summers!" stottere ich.
„Ms. Smith, sie stehen hier unter Eid."
„Das, das weiß ich.."
Ich glaube mir wird schlecht...
„Sie dementieren also sexuelle Intimitäten mit Mr. Summers zu haben?"
Ich schweige.
„Ms. Smith, wie soll ich ihr schweigen verstehen?"
Wieder sieht er mich mit gesenkter Brille an.
„Es war nur einmal. Auf einer Party. Meiner Party,"
ich sehe ihn reuig an.
„Wir hatten zu viel getrunken. Es hätte nie passieren dürfen. Und hat nichts mit diesem Fall zu tun."
Die Schöffe machen sich Notizen.
„Warum war Mr. Summers auf einer ihrer Party´s?"
„Meine Mitbewohnerin hatte ihn eingeladen," flüstere ich.
Wieder werden Notizen gemacht.
„Danke, Ms. Smith sie können gehen."
Ich nicke und verlasse den Raum.
Im Nebenraum sitzen Lucas und Jessica sich gegenüber und schweigen sich an. Als er mich sieht, schaut er mich fragend an. An dem bösen Blick den ich Jessica zuwerfe, kann er wohl

schon erahnen was geschehen ist. Jessica´s zufriedenes Grinsen würde ich ihr gerne aus dem Gesicht prügeln. Seufzend lasse ich mich neben Lucas fallen.
Das Urteil wird verkündet.
„Die Klage wird abgewiesen. Die Kündigung ab sofort Wirksam. Anspruch auf eine Abfindung besteht nicht.
Der Fall Summers gegen Masterson wird hiermit geschlossen."
Zufrieden stolziert Jessica aus dem Gericht.
„Tut mir Leid," wende ich mich Lucas zu.
Er nickt nur und geht ebenfalls.

Ich sitze wieder an meinem Schreibtisch, fange an zu weinen. Sam betritt mein Büro und bringt mir eine Tafel Schokolade. Schweigend sitzen wir gegenüber während ich die Schokolade verputze.
„Du konntest nicht wissen dass der Richter ihren Lügen glauben wird," versucht mich Sam aufzumuntern.
„Ich bin selber Schuld! Ich bin nicht Professionell genug gewesen! Ich hätte nicht mit ihm schlafen dürfen!" schluchze ich zurück.
„Geh nach Hause und schlaf ein bisschen, am Montag sieht die Sache schon etwas klarer aus."
Ich nicke und packe meine Tasche.
Samantha hatte leider unrecht. Am Montag wurde alles nur noch schlimmer. Schon früh morgens erhalte ich einen Anruf von Ms. Classen.
„Ms. Smith, ich werde heute Mittag bei ihnen vorbei kommen. Bitte seien sie anwesend. Wir müssen uns unterhalten."
Ich lege auf und befürchte schlimmes.
Ich hatte Recht. Samantha ruft mich kurz nach der Mittagspause an und fordert mich auf in Ms. Classen´s alte Büro zu kommen.
Ich fühle mich wie an meinem ersten Tag, wieder sitzt Ms. Classen über einer Akte.

„Setzen sie sich bitte..“
Nervös setze ich mich. Ich kann erkennen, dass es sich um Lucas' Akte handle. Aufmerksam studiert sie das Schreiben des Gerichtes.
„Ms. Smith, ich habe hier ein Schreiben vom Gericht, in dem ihnen vorgeworfen wird, ihre Anstellung als Sozialarbeiterin zu missbrauchen?"
„Sie lügt! Ich habe sie nie erpresst!" protestiere ich.
„Ich glaube ihnen, dennoch gaben sie vor Gericht zu, eine Sexuelle Beziehung zu Mr. Summers zu haben?"
Ich blicke auf den Boden.
„Es war nur einmal," flüstere ich.
Sie schlägt die Akte zu und sieht mich strafend an.
„Ich hätte ihnen den Fall nicht geben sollen!"
Ich schaue sie fragend an,
„Ich dachte mir schon dass eine gewisse Anziehung besteht. Dennoch muss ich ihnen sagen dass es in keinster Weise geduldet wird was sie getan haben."
„Was ich getan habe?" quietsche ich sie an,
„das hört sich ja an als hätte ich ihn verführt?"
Sie seufzt,
„Ms. Smith, egal wie es dazu kam, er ist ihr Schützling. Und somit ist ihnen eine Sexuelle Beziehung untersagt."
„Aber es war doch nur einmal!!" werde ich lauter.
„Hannah, das ist in diesem Fall unrelewand. Sie hatten sexuellen Kontakt zu Lucas und dass dulde ich nicht."
Entsetzt schaue ich sie an.
„Bin ich gekündigt??"
„Es tut mir Leid, Hannah!"
Ich nicke,
„Jetzt gleich?"
„Bitte melden sie sich im Lohnbüro."
Mit gesenktem Kopf laufe ich an Sam vorbei.
„Lucas? Bitte.." höre ich Ms. Classen sagen.

Ich blicke auf, Lucas sieht mich mitleidig und fragen an.
Ich öffne die Glastür und drücke auf den Knopf des Aufzuges.
Als ich wieder auf Etage 5 ankomme, stehen Lucas und Samantha an der Anmeldung. Ohne die beiden anzusehen laufe ich vorbei. Ms. Classen sitzt in ihrem Büro und telefoniert.
„Das wirft ein ganz anderes Licht auf die Angelegenheit, Mr. Scott," höre ich sie sagen.
In meinem Büro angekommen, mache ich mich dran, meine Sachen in den Karton zu packen den ich im Lohnbüro bekommen hatte.
Lucas betritt den Raum und setzt sich auf den Stuhl.
„Ich werde mit den Konsequenzen leben müssen Lucas."
„Ich habe alles aufgeklärt, Hannah!"
„Was gibt es da zu klären?" frage ich weinerlich.
„Ich habe Ms. Classen erzählt was auf der Party passiert ist."
Ich nicke,
„Wir haben einen Fehler gemacht, und wie ich immer sage, es gibt Konsequenzen. Und ich werde jetzt damit leben müssen."
„Hannah, wir haben.."
„Nein Lucas!" unterbreche ich ihn,
„mein Fehler, meine Konsequenzen."
„Hannah.."
Ich sehe ihn ernst an.
„Lucas, verstehe doch. Ich hätte mich nicht in dich verlieben dürfen."
Er lächelt mich zaghaft an. Ich senke meinen Blick.
„Wir sollten uns nicht mehr sehen, Lucas!"
„Meinst du das Ernst?"
Seine Stimme zitterte,
„ich dachte du liebst mich?"
Ich kann ihn nicht ansehen, nicke nur.
„Nein Hannah. Das glaube ich dir nicht."
Ich fange an zu weinen,

„doch, das ist mein voller Ernst. Ich wurde gekündigt. Das sind meine Konsequenzen. Und wir können uns nicht mehr sehen, das sind deine Konsequenzen," schreie ich ihn an und schmeiße einen Tacker in den Karton.
Er steht auf und läuft zur Tür,
„gut. Wenn das dein Wunsch ist Hannah."
Ich höre seinen Schmerz in der Stimme.
„Lass mich dir bitte aber noch eines sagen, bevor ich gehe?"
Ich sehe ihn an,
„Wir hatten nie Sex, Hannah! Das wollte ich dir schon immer erklären."
Ich sehe ihn entsetzt an.
„Ich habe es Ms. Classen erzählt."
Er öffnet die Tür,
„ich werde mit den Konsequenzen leben Hannah,"
sagt er ohne sich umzudrehen und verlässt das Büro.
Ich lasse mich auf meinen Stuhl fallen,
Ms. Classen betritt den Raum.
„Sie können bleiben, Hannah!"

Kapitel 6
auch Konsequenzen haben Konsequenzen

Ich durfte zwar bleiben, wurde aber versetzt. Ich bearbeite jetzt die Sorgerechts fälle auf Etage 1. Mit Samantha treffe ich mich trotzdem noch zum Lunch und auch Privat. Ein paar mal versucht sie mir etwas über Lucas zu erzählen, doch ich blocke ab. Das letzte was ich über ihn hörte, war dass Ms. Classen seinen Fall wieder übernommen hatte, in Teilzeit.
„Er ist wieder rückfällig geworden Hannah!"
erzählt sie mir als wir uns zum Lunch treffen.
„Er hat das Sprechen wieder eingestellt, nicht mal mit mir will er sprechen. Er sitzt immer nur auf seinem Stuhl und kaut Kaugummi. Ich habe das platzen der Blase schon lange nicht mehr gehört, Hannah. Doch jetzt kommt es mir vor wie wenn alles was du erreicht hast, umsonst war."
Traurig sehe ich sie an, schweige.
„Er kommt heute Mittag, hat einen Termin, du kannst dich gerne selbst überzeugen."
Heimlich stehe ich vor der großen Glasfront der 5. Etage und schaue hinein. Lucas liegt halbherzig auf den Stühlen und wirft einen Ball nach oben, fängt ihn und wirft ihn erneut. Sam bemerkt mich und sieht mich mit einem seufzenden Blick an. Ich sehe Ms. Classen herauskommen, sie muss ihn zweimal auffordern mitzukommen. Langsam öffne ich die Tür.
„So verhielt er sich am Anfang als er hier ankam. Als du ihn kennen gelernt hattest, hatte er schon Schritte nach vorne gemacht."
Die Tür zu Ms. Classen´s Büro geht auf, ich erstarre.
Lucas tritt heraus und stockt kurz als er mich sieht.
Lässt eine Kaugummiblase platzen und läuft wortlos weiter.
Seufzend kommt Ms. Classen hinterher.
„Ich schaffe es nicht mal mehr dass er seinen Kaugummi

ausspuckt, geschweige denn mit mir spricht. Was die Jobsuche natürlich ebenfalls erschwert."
Sie sieht mich an und berührt sanft meine Schulter.
„Sie sollten nicht so Hart mit sich sein, Hannah."
Schweigend gehe ich zurück auf meine Etage.
Es vergehen weitere Zwei Wochen ohne dass ich zu Lucas Kontakt habe. Ich sitze mit Mia auf dem Sofa und schaue mir einen Film an als es an der Tür klingelte.
„Ist für dich, Hannah. Ein gewisser Officer Mellory."
Ich springe auf und der Officer steht hinter Mia.
„Hallo Ms. Smith."
„Ist etwas passiert? Geht es ihm gut?" frage ich nervös.
„Naja wie man Gut definiert ist Ansichtssache."
Nervös knete ich meine Handfläche.
„Darf ich mich setzten Ms. Smith?"
„Hannah," sage ich und zeige auf den Sessel.
„Danke Hannah."
Mia bringt ihm ein Glas Wasser.
„Um was geht es? Hat er wieder Ärger?"
Der Officer sieht mich mitleidig an.
„Ms. Smith, Hannah.. Ich bin nicht nur ein Officer, sondern auch Lucas´ bester Freund. Wir sind zusammen in die Schule gegangen."
Das erklärt den grinsenden Blick als ich ihn damals abholte, denke ich und nicke.
„Er weiß nicht dass ich hier bin. Zur Zeit liegt er mal wieder in der Ausnüchterungszelle auf dem Revier."
Mia und ich sehen uns reuig an.
„Wieder eine Anzeige?"
Der Officer schüttelt den Kopf,
„nein, das konnte ich verhindern."
„Warum sind sie hier Officer Mellory?" fragt ihn Mia.
„Clark.." antwortet er.
„Warum sind sie hier Clark?"

„Wegen Lucas!"
Er trinkt einen Schluck und stellt das Glas auf den Tisch.
„Er hat mir alles erzählt. Die Party, die Verhandlung, das Missverständnis und was sie zu ihm gesagt haben, als sie ihn das letzte mal gesehen haben."
„Ich habe so viel gesagt, was genau meint er?"
frage ich mit Blick auf den Boden.
„Als er dir das erste mal über den Weg gelaufen ist, hat er mich gleich angerufen. Erzählte mir von der neuen in der Abstellkammer."
Ich sehe ihn an und muss lächeln. Clark lächelt ebenfalls.
„Er merkte schnell dass dich sein Kaugummi kauen stört. Machte es absichtlich, damit er deine Aufmerksamkeit bekommt."
Mia lacht laut. Clark sieht in ihre Richtung und schüttelt den Kopf.
„Ja! Ich sagte auch dass dies der komplett falsche Weg sei."
„Nein! Es hatte funktioniert. Sie nannte ihn Mr. Kaugummi."
Beide lachen. Ich erröte.
„Damals im Club, hatte er euch schon bemerkt als ihr noch an der Garderobe standet," fährt er fort.
Wir sehen ihn überrascht an. Er nickt.
„Euer Versteckspiel, hat ihm besonders gefallen."
Ich schlage die Hände vor das Gesicht.
„Er erzählte mir damals, dass ihm so was noch nie vorher passiert sei."
„Was?" frage ich mit weit aufgerissenen Augen.
Clark trinkt erneut einen Schluck und lächelt.
„Liebe auf den ersten Blick, Hannah!"
Mia fängt an zu kreischen, ich erröte erneut.
„Mr. Kaugummi liebt dich...!" quietscht Mia mir ins Ohr.
„Hat er dir erzählt warum er immer Kaugummi kaut?"
fragt er schließlich als Mia sich beruhigte.
Wir schütteln beide den Kopf.

„Von seinem Kieferbruch weißt du?"
Ich nicke.
„Sechs Monate konnte er nichts essen, danach nur Weichgekochtes, wie kleine Kinder. Kaugummi und Bonbons waren absolut Tabu. Nach etwa 1 ½ Jahren, durfte er endlich wieder alles essen worauf er Lust hatte. Er stopfte sich mit Karamellbonbons, Popcorn, Rippchen und eben Kaugummi voll. Weil er beim Kauen seinen Kiefer voll einsetzten muss, kaut er ihn als Erinnerung an die Zeit als er nur Suppe essen durfte."
Tränen stehen in meinen Augen.
Clark beugt sich zu mir nach vorne und nimmt meine Hände in seine. Mia reicht mir Taschentücher.
„Ich bin gekommen, weil ich wollte dass du über diese Dinge Bescheid weißt, Hannah."
Ich schnäuze und nicke ihm zu.
„In der Zeit als du ihn betreut hast, hat sich Lucas verändert. Er ging Krawall aus dem Weg. Trank nur noch so viel wie er vertragen konnte und lachte viel."
Mein Herz weiß nicht ob es sich freuen oder weinen soll.
Ich sehe Clark an und schnäuze erneut.
„Und wie verhält er sich jetzt?" fragt Mia.
Clark atmet schwer.
„Er benimmt sich wie ein kleines Kind. Reizt die Leute in der Bar. Ist Aggressiv. Mir kommt es so vor als wolle er eine auf´s Maul bekommen. Als legt er es darauf an."
„Absichtlich?" frage ich entsetzt.
„Ja, Hannah! Sogar mich hat er neulich versucht zu reizen."
Ich zittere, mir wird kalt.
„Er sagte dir, er wird mit den Konsequenzen leben. Aber ob er mit ihnen klar kommt, dass hat er nicht gesagt."
„Er kommt nicht damit klar.." flüstere ich. Clark nickt.
„Ist er heute die ganze Nacht im Gefängnis?"
frage ich und stehe auf.

„Ja!"
Clark sieht mich fragend an.
„Ich ziehe mich um."
Er lächelt.
Wir parken vor dem Revier. Ich starre aus dem Fenster.
„Alles ok, Hannah?"
„Ja gehen wir."
Clark öffnet die Vortür zu den Zellen. Ich bleibe stehen, er geht hinein. Klopft mit seinem Ring auf die Gitterstäbe.
Ich sehe Lucas auf dem Bett in der Zelle liegen.
Clark klopft erneut.
„Hey Dornröschen, aufwachen!"
Lucas dreht sich,
„lässt du mich gehen?"
„Nein!"
Er dreht sich wieder um.
„Was willst du dann?"
„Du hast Besuch!"
Lucas setzt sich aufrecht hin. Clark winkt mich herein. Langsam komme ich näher. Als er mich bemerkt, wird sein Blick ganz starr. Eine Kaugummiblase platzt.
Sein Blick wandert zu Clark.
„Ich war bei ihr zu Hause," sagt er als wüsste er was Lucas´ Blick ihn fragen wolle.
„Verräter..!" ruft Lucas ihm zu.
„Ja ich weiß. Ich lasse euch mal alleine."
„Danke," flüstere ich bevor er geht.
Ich halte die Gitterstäbe fest und drücke mein Gesicht dagegen.
Die Stäbe fühlen sich kalt an. Ein Schauer durchströmt mich.
Ich sehe zu Lucas, er weicht meinem Blick aus.
„Clark hat mir erzählt, du hattest wieder eine Schlägerei provoziert?"
Immer noch sieht er mich nicht an.
„Er hat das Gefühl du willst absichtlich ein paar auf´s Maul?"

Ein kleiner Lacher ist zu hören.
„Hat er Recht?"
Lucas sieht mich kurz an, sagt aber kein Wort.
Ich strecke meine Hände durch die Gitter. Lucas steht auf und kommt näher. Ich greife nach seiner Jacke und ziehe ihn heran. Umarme seine Hüfte, er legt seinen Kopf auf meine Stirn und schließt seine Augen. Seine Hände greifen nach meinen Schultern.
„Ich kann nicht damit leben, Hannah!"
sagt er nach einer Weile.
„Womit?"
Er hebt seinen Kopf,
„mit den Konsequenzen."
Er tritt einen Schritt zurück.
„Ich kann nicht ohne dich!"
„Lucas, ich..."
Clark kommt wieder herein.
„Du musst gehen, Hannah!"
Ich nicke, mein Gesicht steckt immer noch zwischen den Gitterstäbe. Ich rühre mich nicht. Lucas sieht zu Clark.
„Eigentlich dürfte sie gar nicht hier sein, Luke.."
„Warum hast du sie dann mitgebracht?"
Ich höre Clark schwer atmen.
„Ich fahre dich wieder Heim, Hannah!"
Ich nicke erneut, rühre mich immer noch nicht.
Lucas lacht. Ich drehe mich zu Clark um, er lehnt sich gegen die Wand und kratzt sich am Kopf.
„Ich lasse ihn morgen zu Schichtbeginn wieder raus,"
lächelt er mich an.
Wieder nicke ich, doch diesmal rühre ich mich, laufe zur Tür. Eine Kaugummiblase platzt bevor sie sich hinter mir schließt.
„Versau es nicht wieder!" höre ich Clark zu Lucas sagen als er mir folgt.
Ich sitze wieder in Clark´s Auto. Wir parken vor meiner

Wohnung. Wieder starre ich aus dem Fenster.
Ich kann nicht ohne dich..
höre ich Lucas´ Stimme in meinem Kopf. Clark schaltet den Motor aus und sieht mich an.
„Ich hasse Konsequenzen, Clark."
Er lacht auf.
„Weißt du dass wir nach eurer Party, Zwei Stunden über mögliche Konsequenzen diskutiert haben?"
Ich sehe ihn fragend an.
„Ja, er wusste dass du dir darüber Gedanken machst und diskutierte darüber wie er sie abwehren könne um dich zu beruhigen."
„Ich dachte wir hatten Sex..!"
Clark reibt sich über die Stirn.
„Ja. Und dieses Missverständnis führte zu den Konsequenzen, die du ihm auferlegt hast."
„Ihm auferlegt habe?" quietsche ich.
„Ich wäre fast gefeuert worden! Er hätte mich aufklären müssen, VOR der Verhandlung!" schreie ich ihn an.
„Ja das habe ich ihm auch gesagt, mehrmals!"
„Und wer nicht hören will, der muss fühlen."
sage ich energisch.
Clark sieht mich entsetzt an.
„Bitte sage mir du hast diesen Satz nie zu Lucas gesagt?!"
„Nein!" schüttle ich fragend den Kopf.
Clark trommelt mit den Händen auf das Lenkrad.
„Wir waren Dreizehn. Versteckten uns in der Garage und tranken heimlich Bier. Sein Stiefvater erwischte uns, ich werde nie den entsetzten, ängstlichen Gesichtsausdruck vergessen, den Lucas hatte. Er schimpfte uns aus. Sagte so etwas wie er hätte es ihm schon ein paar mal gesagt, er soll nicht sein Bier klauen. Bat mich zu gehen und zerrte Lucas ins Haus. Beim hinein gehen sagte er, wer nicht hören will, der muss fühlen. Ich habe Lucas eine Woche lang nicht gesehen. Als er wieder

zur Schule kam, sah man noch die blaue Flecken auf seinem Rücken."
Entsetzt sehe ich ihn an.
„Wo ist sein Stiefvater zur Zeit? Das steht nicht in der Akte."
„Das wissen wir nicht. Er verschwand auf einmal. Als Lucas auszog und die Polizei uns dabei half, haben wir ihn zum letzten Mal gesehen."
Ich nicke und öffne die Autotür.
„Danke Clark, danke für deine Ehrlichkeit und dass ich zu ihm durfte."

Aufgeregt stürmt Samantha in mein Büro.
„Herein, oh Sam setz dich doch," sage ich sarkastisch.
„Wie hast du das gemacht?" fragt sie beim setzen.
„Wie habe ich was gemacht?"
„Lucas!"
Ich sehe sie fragend an.
„Er kam heute morgen zu Ms. Classen und zeigte ihr einen Arbeitsvertrag. Er kann nächsten Monat anfangen. Er spricht wieder mit mir, und hatte keinen Kaugummi im Mund."
Sie war so aufgeregt wie ein kleines Kind vor Weihnachten.
„Also?"
„Wie kommst du darauf ich hätte was damit zu Tun?"
„Ach Hannah.. Natürlich bist du der Grund für seinen Sinneswandel."
Ich grinse vor mich hin.
„Mittagessen?" frage ich.
Am Abend empfängt mich Mia, ebenfalls aufgeregt.
„Du hast Besuch Hannah."
Ich laufe ins Wohnzimmer. Lucas sitzt auf dem Sofa und lächelt als er mich sieht.
„Bevor du etwas sagst Hannah, lass mich zu erst."
Ich nicke und setze mich neben ihn.
„Am Abend deiner Party war ich total nervös.

Ich saß seit Zwei Stunden auf deiner Treppe und überlegte ob ich hineingehen sollte, als du herauskamst. Du sahst so toll aus in dem Kleid und den Stiefel."
Ich sehe ihn an und erröte.
„Als wir auf der Liege lagen und du mir signalisiertest ich solle dich küssen, fühlte ich dieses kribbeln in meinem Bauch."
Er stockt und fährt sich nervös durch die Haare, sieht Mia an, die grinsend auf dem Stuhl sitzt.
Ich nehme seine Hand,
„warum hast du es nicht getan?"
„Ich habe bevor ich dich kennenlernte, nie an Konsequenzen gedacht. Nie daran was passieren kann wenn man bestimmte Dinge tut."
Er sieht verlegen auf den Boden.
„Als du dich zu mir gebeugt hast und mich geküsst hast, da.."
Er stockt erneut.
„Warum hast du mich in dem Glauben gelassen ich, wir, haben du weißt schon?"
Er sieht mich an und nimmt meine Zweite Hand.
„Am Anfang fand ich es witzig, wie du mich aus der Wohnung verbannt hattest, weil es dir peinlich war. Wobei ich auch an diesem Morgen ein paar mal versucht hatte zu sagen das wir keinen Sex hatten. Aber du hast mich nicht aussprechen lassen."
„Ja. Ich erinnere mich."
„Wie bist du denn bitte in Hannah´s Bett gelandet?"
fragt Mia neugierig.
„Ich wollte dich ins Bett bringen und dann nach Hause gehen, aber du wolltest dass ich bleibe. Nach dem du dich aus den Stiefel und dem Kleid gekämpft hattest, legtest du dich ins Bett und bist sofort eingeschlafen."
Ich beuge mich nach vorne und will ihn küssen.
Er weicht mit dem Kopf zurück.
„Nein Hannah. Du hattest Recht. Ich hätte dir vor der

Verhandlung alles erzählen sollen."
„Du hast mit Clark geredet?"
Er nickt,
„Ja! Und ich habe dich nicht verdient."
Ich ziehe meine Hände zurück.
„Wie meinst du das, bitte?" frage ich entsetzt.
„Ich habe dich nicht verdient, Hannah. Noch nicht. Ich will dir erst beweisen, dass ich mich geändert habe."
Skeptisch sieht Mia ihn an.
„Ich muss erst mein Leben endlich ordnen. So dass ich keine Betreuung mehr brauche, wenn ich alles alleine regeln kann und Ms. Classen einen Abschlussbericht schreibt, dann kann niemand mehr was sagen, wenn wir zusammen sind."
Wieder beuge ich mich nach vorne, wieder geht er zurück. Doch ich beuge mich immer näher. Bei dem Versuch mir auszuweichen, liegt er am Ende auf dem Sofa und ich auf ihm.
Er lacht mich an.
„Hast du verstanden was ich gesagt habe, Hannah?"
„Ja, habe ich Lucas!"
Ich küsse ihn und er lässt es zu.
Fühle mich wie damals auf der Party.
Lucas meint es ernst.
„Siehe es als Konsequenzen der Konsequenzen an."

Das war das letzte was ich hörte als er ging.
Mittlerweile sind schon wieder Vier Wochen vergangen.
Lucas hat in zwischen auf der neuen Arbeit angefangen und es scheint alles gut zu laufen. Ein paar Mal stehe ich in der Eingangshalle vor den Fahrstühlen, weil ich weiß er hat einen Termin in der 5. Etage. Zwei Mal habe ich ihn dabei gesehen. Einmal sah er mich auch, lief zwinkernd an mir vorbei.
Lächelte mir zu bevor er das Gebäude verließ.
Ich halte es nicht länger aus. Jetzt stehe ich im Verkaufsraum einer Schreinerei und begutachte eine Kommode.

„Wunderschön nicht wahr?"
„Wie bitte?"
Ein Verkäufer steht neben mir und streichelt über die Kommode.
„Diese Handwerkskunst, sehen sie hier.."
Er zeigt mir die eingravierte Verzierung an den Schubladen.
„Alles in liebevoller Handarbeit hergestellt."
Sie ist wirklich Hübsch.
„Wer hat sie gemacht?" frage ich hypnotisiert beim Anblick der Kommode.
Der Verkäufer schaut auf das Schild, dass neben der Kommode hängt, neben dem Preis steht eine kleine 20.
„Mal sehen, 20."
Er läuft zum Kassentresen und schaut in ein kleines Buch.
„Ah ja, da steht es. Mr. Summers," lächelt er mich zufrieden an.
„Ich nehme sie," lächle ich zufrieden zurück.
Ich sehe auf das Preisschild und schlucke kurz.
„Liefern sie auch nach Hause?"
Zwei Tage später wird die Kommode geliefert. Ich platziere sie in meinem Zimmer neben dem Bett. Mia steht neben mir und wir bewundern sie gemeinsam.
„800 Dollar?!" sagt sie dabei.
„Ja und sie ist jeden Cent wert."
Eine Woche später stehe ich wieder in der Schreinerei.
„Oh Hallo, ist etwas nicht in Ordnung mit ihrer Kommode?" fragt mich der Verkäufer.
„Nein alles bestens. Ich bin auf der Suche nach einer weiteren," flunkere ich.
„Na dann sehen sie sich in Ruhe um."
Auf jedes Schildchen dass ich blicke, steht keine 20.
Der Verkäufer beobachtet mich. Endlich, ich jauchze auf.
Es ist zwar keine Kommode, aber ein Beistelltischen tut es auch. Es trägt die Nr. 20.

„Den nehme ich," sage ich stolz zum Verkäufer.
Er lächelt mich an als er das Schildchen abnimmt.
„Wieder Liefern?"
Erneut stehe ich mit Mia in meinem Zimmer und bewundere das Tischchen.
„Wie viel diesmal?" fragt sie skeptisch.
„120 Dollar!" sage ich stolz.
Mit hochgezogenen Augenbrauen sieht sie mich an.
Nach dem ich für einen Kleiderschrank weitere 500 Dollar und einem Stuhl 200 Dollar ausgegeben habe, stehen Sam und Mia in meinem Zimmer und diskutieren über einen möglichen Tumor in meinem Kopf, der auf meinen Vernunftsnerv drückt.
„Ich habe keinen Tumor!!"
„Du hast 1620 Dollar für Möbel ausgegeben die du eigentlich gar nicht brauchst, nur weil Lucas sie gemacht hat."
fuchtelt Sam vor meinem Gesicht.
„Ja genau! Lucas hat sie gemacht," sage ich und schucke sie vom Stuhl herunter.
„Weiß Lucas dass du seine Sachen kaufst?" neckt sie mich.
„Nein, und ich wäre dir Dankbar wenn du es ihm nicht sagen würdest."
„Er kommt sowieso nicht mehr so oft, sagte Ms. Classen er habe so viel zu tun auf Arbeit. Und wenn ich mich so umsehe, dann weiß ich auch wieso!"
lacht sie und verlässt mein Zimmer.
Etwa eine halbe Stunde später komme ich ebenfalls ins Wohnzimmer.
„Hey Hannah, ich könnte einen neuen Tisch gebrauchen, kennst du einen Laden der hübsche Möbel verkauft?"
ruft Sam mir entgegen.
„Sehr witzig!" sage ich beleidigt.
Dennoch begleiten mich Mia und Sam am nächsten Tag in die Schreinerei.
„Hallo," begrüße ich den Verkäufer.

„Hallo Ms. Benneth, auch wenn ich es nur ungern sage, aber wir haben zur Zeit keine Arbeit von Mr. Summers ausgestellt. Sie wissen die 20."
„Kein Problem. Ich wollte meinen Freundinnen nur mal ihren Laden zeigen."
Er nickt und widmet sich anderen Kunden zu.
„Ms. Benneth?" fragt mich Sam mit fragendem Unterton.
Mia verdreht die Augen,
„ja klar. Sie hat die Möbel ja liefern lassen. Hätte sie Smith benutzt, hätte Lucas es bemerkt. Benneth ist mein Name."

Weitere Wochen vergehen, ohne dass sich Lucas bei mir meldet. Mein Bankkonto erlaubt mir keine weiteren Besuche im Laden der Schreinerei. So langsam fällt mir es immer schwerer mit den Konsequenzen der Konsequenzen zu leben. Einpaar mal habe ich versucht Lucas anzurufen, doch mehr wie -ist gerade ungünstig- oder -ich habe es dir doch erklärt- bekomme ich nicht zu hören.
Ich sitze in Warteraum auf dem Polizeirevier und warte auf Clark. Als er das Revier betritt, signalisiert ihm der Officer am Tresen das ich hier bin.
„Hannah!" ruft er,
„schön dich zu sehen!"
„Hallo Clark."
„Was gibt es Hannah?"
„Es geht um Lucas!"
„Das dachte ich mir schon, Hannah."
Ich muss schmunzeln.
„Ich habe ihn seit einer Ewigkeit nicht mehr gesehen, Clark."
Er lächelt und sieht mich mit gesenktem Kopf an.
„Und was willst du mir damit sagen?"
„Ich vermisse ihn," flüstere ich fast nicht hörbar.
„Wie bitte?" beugt sich Clark nach vorne und hält seine Hand ans Ohr.

„Ich vermisse ihn," rufe ich etwas zu Laut, da sich seine Kollegen zu uns umdrehen.
Er lacht und schüttelt seinen Kopf.
„Und warum erzählst du mir das?"
„Du hast Recht, Clark. Es war eine blöde Idee."
Ich stehe auf und verlasse peinlich berührt das Revier.

Ms. Classen erzählt mir stolz, dass sie ihren längsten und härtesten Fall endlich abschließen kann.
„Ein Teil ist auch ihnen zu verdanken, Hannah."
Ich schreie innerlich vor Freude, endlich!
Sie zeigt mir das Gutachten, dass Lucas machen musste.
Ich lächle als ich es lese.

Mr. Summers ist im Gegensatz zu unserer ersten Begegnung, sehr ausgeglichen. Er bleibt ruhig, sein Alkoholkonsum wurde eingeschränkt, seit einem Jahr keine Anzeigen mehr. Was ich auf seinen täglich rotierenden Tagesablauf zurückführe. Er hat einen geregelten Ablauf und feste ziele die er erreichen möchte.

Ms. Classen und die Therapeutin wissen wohl nichts von seinem Absturz, als ich ihn im Gefängnis besucht habe.
Sie stempelt seine Akte, **Geschlossen**
„Ich habe ihn heute Morgen verabschiedet," lächelt sie mich an. Wieder schreie ich innerlich vor Freude.
Lucas lässt mich noch eine weitere Woche zappeln bevor er sich bei mir meldet. Ich lade ihn zu uns nach Hause ein.
Sam und Mia wollen seine geschlossene Akte feiern.
Nervös stehe ich in der Küche und richte die Snacks.
Aus den Wohnzimmer höre ich Sam und Mia, die sich über mich Lustig machen.
„Ich kann euch hööören!!" rufe ich ihnen zu.
„Daas wissen Wiiirr!" rufen sie zurück.
Es klingelt. Vor Schreck fällt mir die Chipstüte aus der Hand.

Clark und Lucas betreten das Wohnzimmer. Nervös stopfe ich mir eine Handvoll Chips in den Mund. Sie begrüßen sich gegenseitig.
„Wo ist Hannah?" höre ich Lucas sagen, ich erstarre.
„In der Küche und stopft sich mit den Chips voll die sie vor Schreck auf den Boden geschmissen hat," antwortet Sam.
Ich könnte sie erwürgen. Stecke meinen Kopf in den Kühlschrank.
„Hallo Hannah."
Ich stoße mich an der Stirn.
Aua
Reibe mein Gesicht.
„Hallo Lucas."
Er kommt näher und nimmt mich in den Arm. Ich atme Tief ein. Sein Geruch, wie ich ihn vermisst habe. Händchenhaltend laufen wir ins Wohnzimmer. Unterhalten uns über die Wochen als Lucas sich entschloss mir aus dem Weg zu gehen. Erklärte dass es für ihn genau so schlimm war, wie für mich. Aber es hatte sich gelohnt. Er hat sich soweit im Griff.
„Und? Wie ist die Arbeit so?" fragt Sam scheinheilig.
„Was machst du da den ganzen Tag?"
Sie schielt zu mir rüber.
„Hauptsächlich restauriere ich alte Holzmöbel," erklärt er.
„Ich graviere dann Verzierungen hinein, und bereite sie auf. Anschließend kommen sie in unseren Verkaufsraum."
„Es wurden sogar schon alle seine Sachen verkauft," präsentiert Clark stolz.
Ich verschlucke mich an meiner Cola. Muss Husten.
Sam und Mia fangen an zu lachen.
„Ist alles Ok?" fragt Clark überrascht.
Sam flüstert Clark etwas ins Ohr, nun fängt auch er an zu lachen und klopft Lucas auf die Schulter.
„Was?" fragt er nervös und schaut mich an.
Ich seufze.

„Komm mit, ich muss dir etwas zeigen."
Lucas folgt mir in mein Zimmer. Langsam öffne ich die Tür und lasse ihn hinein sehen.
„Hast du wirklich..?"
Ich nicke.
„Alles?"
„Hast du noch mehr gemacht wie, eine Kommode, einen Tisch, Kleiderschrank und Stuhl?" zähle ich die Sachen auf beim drauf zeigen.
„Einen Spiegelschrank," kratzt er sich am Kopf.
„Mist den hat er mir unterschlagen," scherze ich und schnippe mit dem Finger. Lucas lacht,
„du spinnst, Hannah."
Ich nicke erneut. Er küsst mich.
Der Abend verläuft großartig, wir lachen viel. Trinken viel. Samantha flirtet so heftig mit Clark, dass wir schon einen neuen Tennispartner in ihm sehen. Natürlich ziehen wir sie damit auf. Doch es ist ihr egal. Trotzdem wirft sie einmal ein Stück Brot nach mir, beim ausweichen verschütte ich mein Glas auf Lucas´ Shirt.
„Oh, das tut mir leid, zieh es aus ich wasche den Fleck kurz aus."
„Ja Lucas! Zieh es aus, bitte!" fordert Sam ihn ebenfalls auf. Sie zwinkert dabei. Lucas lässt es sich nicht zweimal sagen und zieht tatsächlich sein Shirt aus. Er schmeißt es ihr an den Kopf.
„Zufrieden!"
Jetzt steht Lucas vor uns, Oben ohne. Ich begutachte ihn während Sam knurrende Geräusche von sich gibt. Dabei fällt mir eine große Narbe an seiner Seite auf. Er bemerkt meinen Gesichtsausdruck und sein Lachen erlischt. Auch Mia fällt die Narbe auf und sie versucht nicht drauf zu starren.
Lucas´ Blick fällt auf Clark, der ebenfalls nur noch zaghaft lächelt, weil ihm unsere Reaktion aufgefallen ist.
„Tut, tut mir leid ich wollte nicht..!" stottere ich verlegen.

„Heißes Wasser!" sagt er und setzt sich wieder.
Clark lacht auf und schüttelt wütend seinen Kopf.
„Kochendes Wasser!"
Wir sehen die beiden entsetzt an.
„Ich beschwerte mich über das kalte Wasser der Dusche, da brachte er den Topf mit dem Nudelwasser und schüttete ihn auf mich, -ist dass Heiß genug?- fragte er dabei."
Ich nehme Lucas in den Arm und drücke ihn so fest ich kann.
Lucas beschließt die Nacht bei mir zu bleiben.
Ich lege mich neben ihn und schmiege mich an ihn.
Meine Hand berührt dabei seine Narbe und ich schrecke zurück.
„Schon gut Hannah, sie tut schon lange nicht mehr Weh."
Zaghaft streiche ich über die Narbe. Mein Kopf liegt auf seinem Oberkörper und ich höre seinen Herzschlag.
„Wie alt warst du?" frage ich leise.
„Vierzehn!"
Ich lausche seinem Herzschlag und schließe meine Augen.
Sie füllen sich mit Tränen und tropfen auf seine Brust.
„Warum weinst du Hannah?"
„Als ich Vierzehn war, schmiss mich der Nachbarjunge in den See. Es war bereits Winter, mir war tagelang eiskalt.
Mein Vater goss ihm einen Eimer Eiswasser über den Kopf, damit er wusste wie kalt es für mich war. Der Nachbarjunge entschuldigte sich bei mir und mein Vater legte sich zum wärmen in mein Bett bis ich eingeschlafen war."
Lucas atmet schwer.
„Und dein Vater? Er hat dich verbrüht. Verprügelt."
Ich schluchze laut, kann meine Tränen nicht mehr aufhalten.
„Stiefvater!" sagt er energisch.
„Was macht dass für einen Unterschied?" schnäuze ich.
„Mein Vater hat mich geliebt!"

Kapitel 7
Wenn die Vergangenheit dich einholt

Weitere Monate vergehen, Lucas und ich sehen uns so oft wie es möglich ist. Clark erzählte mir, dass er ihn noch nie so glücklich erlebt hatte. Ich muss zugeben, auch ich bin glücklich. Wir haben uns für's Kino verabredet. Wollen uns vor dem Kino treffen. Ich warte bereits seit Zwanzig Minuten, Lucas verspätet sich etwas.
„Entschuldigung, sind sie auch alleine hier?" spricht mich ein Mann mittleres Alters an. Erschrocken drehe ich mich um.
„Ich wollte sie nicht erschrecken, ich dachte nur wenn sie alleine in den Film gehen, könnten wir zusammen rein."
Ich lächle ihn höflich an,
„nein, ich warte auf meinen Freund."
„Dann entschuldigen sie bitte nochmal."
Als Lucas kommt, erzähle ich ihm von diesem Gespräch und er muss lachen.
„Wundert es dich? Ich würde dich auch ansprechen wenn ich dich so alleine hier stehen sehen würde."
„Nein, würdest du nicht, du würdest Kaugummi kauend da stehen und mich anstarren," necke ich ihn.
Er kratzt sich verlegen am Kopf,
„Äh Ja wahrscheinlich."
Beim hineingehen in den Kinosaal winke ich dem Mann zu,
„schönen Abend noch."
Lucas sieht zu ihm herüber, sein Lachen erlischt, sein Körper wird steif, seine Atmung schnell. Wie angewurzelt bleibt er stehen und starrt ihn an. Auch der Mann starrt in unsere Richtung, jedoch lächelt er.
„Was ist Los, kennst du ihn?"
Ich spüre wie seine Hände feucht werden, er zittert.
„Komm wir gehen!"

„Aber wir haben die Karten schon gekauft!"
„Wir gehen!!" schreit er mich an und zerrt mich aus dem Kino.
„Was ist denn Los?"
„Steig ein."
„Lucas, was ist.."
„Steig ein," schreit er erneut.
Ich bekomme es mit der Angst zu tun und steige ein.
Wortlos fahren wir die Straße entlang. Ich traue mich nicht weiter zu fragen was los sei.
Vor dem Polizeirevier machen wir halt und er steigt wortlos aus. Ich haste ihm hinterher. Schnurstracks läuft er an Clark´s Schreibtisch.
„Er ist wieder da!"
„Hallo Luke, wer ist wieder da?" fragt Clark ohne uns anzusehen. Er ist anscheinend mit Papierkram beschäftigt.
Lucas schlägt mit seiner Hand auf den Papierstapel. Ich zucke zusammen. Clark sieht auf, und erkennt die Angst in meinem Blick.
„Was ist passiert?"
„Hank hat Hannah angesprochen als sie alleine im Kino gewartet hat."
Seine Stimme zittert und ich erkenne dass er Nervös ist.
Clark sieht zu mir,
„hat er dir Weh getan?"
„Nein er hat nur kurz was gefragt, wer ist Hank?"
Lucas setzt sich auf den Stuhl und wippt nervös mit dem Bein. Clark reicht ihm einen Kaugummi.
„Beruhige dich."
„Wer ist Hank?" frage ich erneut.
Lucas sieht mich nur an, lässt eine Blase nach der anderen platzten. Ich knie mich vor ihn und nehme seine Hand.
„Wer ist Hank?" flüstere ich.
Lucas weicht meinem Blick aus, und hebt sein Hemd nach oben, zeigt mir seine Narbe. Ich erschrecke.

„Er ist dein Stiefvater!!"
Ich habe Lucas noch nie so aufgeregt erlebt. Er ist kreidebleich und seine Hände ganz feucht. Er hat Angst. Mir kommt es so vor als verstecke er sich auf dem Revier.
„Geht nach Hause!" fordert Clark uns auf.
„Hannah braucht Polizeischutz!" wirft Lucas ein.
Immer noch wirkt er ängstlich.
„Nein brauche ich nicht."
„Doch Hannah, brauchst du!"
„Nein braucht sie nicht..!" unterbricht uns Clark.
„Bring sie Heim und bleibe bei ihr."
Immer noch Nervös läuft Lucas in meine Wohnung und zieht alle Vorhänge zu.
„Was ist denn Los?" fragt uns Mia.
„Er ist wieder da!" antwortet Lucas ohne aufzuhören.
„Wer ist wieder da?"
„Hank!"
Immer noch zieht er die Vorhänge zu.
„Wer ist Hank?"
Mia sieht verwirrt aus. Ich schüttle meinen Kopf um ihr zu signalisieren dass sie still sein soll.
„Mein Stiefvater," antwortet er als er fertig ist und lässt sich auf die Couch fallen.

Lucas lässt mich nicht mehr alleine auf die Straße. Obwohl uns Hank bislang nicht mehr über den Weg gelaufen ist, bringt er mich jeden Tag zur Arbeit und holt mich wieder ab.
„Ich finde das Süß," meint Sam beim Mittagessen.
„Er macht sich eben Sorgen um dich."
„Ich mache mir eher Sorgen um ihn, er wirkt paranoid, heute Morgen war er ernsthaft der Meinung Hank würde uns seit Tagen folgen."
„Oh je.."
„Ja. Er behauptet ihn beim Einkaufen gesehen zu haben, oder

unten vor seiner Wohnung parken."
Nach Feierabend warte ich auf Lucas, vergebens. Er ist bereits seit 45 Minuten überfällig. Ich mache mir Sorgen, erreiche ihn nicht. Nach einer Stunde gehe ich alleine nach Hause.
In der Nacht klingelt mich Clark aus dem Schlaf.
Schlaftrunken öffne ich die Tür.
„Ist er bei dir? Lucas! Ist er da?"
Entsetzt sehe ich ihn an.
„Nein. Ich hatte gehofft er ist bei dir."
Er schüttelt den Kopf und drückt sich an mir vorbei.
„Nein, wir haben uns heute Mittag über Hank unterhalten und die Angst die er immer noch vor ihm hat. Er sagte er könne dich nicht beschützen, weil er immer starr vor Angst wird."
„Mich beschützen? Er muss mich doch nicht beschützen?"
„Er denkt das aber. Hannah ich befürchte er macht etwas Dummes."
Panik steigt in mir auf.
„Ich habe schon eine Suchmeldung nach ihm heraus gegeben," beruhigt mich Clark.
„Ich melde mich wenn ich etwas weiß."
Den Rest der Nacht liege ich bei Mia im Bett und sie versucht mich zu beruhigen.
Am Morgen werde ich erneut aus dem Schlaf geklingelt.
Erneut stehe ich vor Clark.
„Wir haben ihn gefunden, Hannah."
„Wo ist er?" lächle ich.
Doch sein Gesichtsausdruck lässt mein Lächeln verstummen.
„Im Sankt Anna-Hospital."
Ich erstarre, mein Herz rast.
„Was ist passiert?"
„Hank!"
Clark fährt mich ins Krankenhaus. Ich stehe vor seinem Bett, seine Hand ist gebrochen, sein Gesicht mit blauen Flecken übersieht, seine Lippe aufgeplatzt. Eine genähte Stelle an der

Wange. Er schläft. Ich weine.
„Sie haben ihm etwas gegen die Schmerzen gegeben."
Ich streiche ihm über die Haare,
„Wie ist das passiert? Wie konnte Hank so nah an ihn heran kommen?"
„Lucas wollte sich seiner Angst stellen und hat ihn in der Bar aufgesucht. Der Barkeeper erzählte uns, Hank überließ ihm den ersten Schlag. Danach sind sie zu Dritt auf ihn los. Zwei hielten ihn fest und Hank schlug auf ihn ein."
Ich setze mich auf den Stuhl neben seinem Bett.
Muss eingeschlafen sein, als ich aufwache beobachtet mich Lucas. Clark sitzt am Tisch am Ende des Raumes.
„Ich möchte dass du gehst Hannah."
„Ich werde nicht gehen," sage ich und rutsche zu ihm ins Bett. Vorsichtig lege ich meinen Kopf auf seine Brust, er zuckt zusammen, lege seinen Arm um mich, küsse zaghaft seinen Hals. Er hält die Augen geschlossen. Eine Träne läuft über seine Wange.
„Bitte Hannah, ich möchte dass du gehst."
„Nein!"
„Hannah, bitte.. ich möchte nicht dass du mich so siehst."
„Ich hab dich schon so gesehen."
„Clark?!"
Clark steht auf und versucht mich aus dem Bett zu heben.
„Komm Hannah, ich fahre dich Heim."
„Fünf Minuten noch,"
bitte ich ihn und schucke seine Hand weg. Lucas versucht zu lächeln. Er streicht mir über den Kopf. Wieder versucht Clark mich aus dem Bett zu heben.
„Ich Liebe dich, Lucas!" flüstere ich ihm ins Ohr bevor ich aufstehe und Clark mich nach Hause fährt.
Zwei Wochen muss Lucas in der Klinik bleiben.
Zwei Wochen will er mich nicht sehen. Jeden Tag rufe ich Clark an und erkundige mich nach seinem Zustand.

Hank wurde wegen Körperverletzung angezeigt, befindet sich aber wieder auf freiem Fuß. Als Lucas entlassen wird, stehe ich vor der Klinik und warte auf ihn. Man sieht ihm immer noch an wie Hank ihn zugerichtet hat. Es fällt ihm schwer zu gehen. Seine Rippen tun ihm noch Weh. Ich falle ihm um den Hals. Trotz seiner Schmerzen, drückt er mich so fest er kann. Solange er noch nicht Hundert Prozentig Fit ist bleibt er bei Mia und mir. Wir sitzen auf dem Sofa und schauen Fern, selbst das Aufrichten bereitet ihm Schmerzen. Ich kuschle mich vorsichtig an ihn.
„Ich Liebe dich auch, Hannah," fängt er aus heiterem Himmel an. Mia lächelt in unsere Richtung.
„Erzählst du uns von deiner Mom, deinem richtigen Dad, und Hank?"
„Mia!!"
Ich bin entsetzt, sie hatte mir versprochen ihn nicht danach zu fragen. Lucas schaltet den Fernseher aus, sieht uns traurig an.
„Mein Dad war Feuerwehrmann. Er starb als ich Acht war. Bei einem Einsatz, er schaffte es nicht mehr aus dem Haus bevor es explodierte."
Ausdruckslos schaut er dabei auf den Boden.
„Meine Mom lernte Hank kennen als ich Zehn war. Ich mochte ihn noch nie, dass beruhte aber auf Gegenseitigkeit."
Ich nehme seine Hand,
„du musst uns das nicht erzählen."
Er richtet seinen Blick auf uns.
„Kurz danach wurde bei ihr Krebs festgestellt, Leukämie. Trotzdem blieb Hank bei ihr. Sie kämpfte über ein Jahr dagegen. Als die Ärzte sie in ein Hospiz brachten, heiratete sie Hank, damit ich nicht in ein Heim muss."
Ich drücke seine Hand, er reibt sich über die Rippen und setzt sich etwas höher.
„Wann schlug er dich das erste Mal?"
Ich trete nach Mia.

„Etwa ein halbes Jahr nach dem Tod meiner Mom. Ich fühlte mich nicht gut und hatte keinen Hunger. Er zwang mich trotzdem zum essen. Drückte meinen Kopf ins Püree und schrie -essen hab ich gesagt-, danach wurde mir schlecht und ich kotzte auf den Fußboden. Beim aufwischen, tritt er nach mir. Schlug mir auf den Kopf. Beschimpfte mich als Heulsuse."
Mia senkt ihren Blick.
„Tut mir leid," flüstert sie dabei.
„Aus welchem Grund hat er dich immer verprügelt?"
Wieder trete ich nach ihr. Lucas lächelt.
„Schon gut Hannah. Er brauchte nicht wirklich einen Grund dafür. Er wollte fernsehen, ich fragte nach Abendessen. Er war betrunken, ich hab ihn darauf angesprochen. Oder einfach weil ich anwesend war."
„Hast du keine anderen Verwandte? Dieser Hank ist ein Arsch?"
„Mia! Hör jetzt bitte auf, du hattest es mir versprochen!"
„Ja, aber diese Fragen bohren sich in meinem Kopf hin und her," antwortet sie und hält die Hände an den Kopf.
„Schluss jetzt! Film weiter schauen," protestiere ich und schalte den Fernseher wieder an.
Jede Nacht beobachte ich Lucas beim schlafen. Jede Nacht plagen ihn die Alpträume. Heute Nacht schläft er mal friedlich. Seine Lippe ist wieder normal, die blauen Flecken fast weg. Die Rippen fast verheilt. Der Gips kommt bald runter. Nur die Narbe auf der Wange, klein und kaum sichtbar, sie wird bleiben.
Noch eine Narbe denke ich und fange an zu weinen.

Der Alltag hat uns schnell wieder eingeholt. Lucas geht wieder zur Arbeit. Ich widme mich weiterhin den Sorgerechts fällen. Sam ist immer noch auf der Suche nach einem Tennispartner. Von Hank haben wir nichts gehört. Dachte ich.
Ich sitze im Café und genieße etwas Zeit für mich, als sich

jemand zu mir an den Tisch setzte. Ich blicke hoch und springe vor Schreck auf. Mein Herz rast.
„Setz dich wieder, ich will nur mit dir reden!"
Mit zittrigen Knie setze ich mich. Mein Herz rast immer schneller.
„Was willst du Hank?"
Sein Lachen lässt es mir eiskalt den Rücken herunter laufen. Hank beugt sich zu mir nach vorne.
„Ich will diesem kleinen Hosenscheißer beweisen, dass ich tun und lassen kann was ich will."
Er lässt sich wieder nach hinten fallen.
„Ich weiß nicht was du meinst?!"
Meine Stimme klingt zittrig. Ich verspüre den Drang laut zu schreien.
„Ich lasse mir nichts verbieten, nicht von dem Hosenscheißer, oder dem kleinen Möchtegern Bulle."
Ich sehe ihn ernst an, weiß nicht worauf er hinaus will.
„Und was hat das mit mir zu tun?" frage ich vorsichtig.
„Wenn ich Lust habe einen Kaffee zu trinken, dann tue ich das. Und wenn ich mit Mrs. Hosenscheißer sprechen will, dann werde ich das ebenfalls tun."
Wieder grinst er dabei. Ich beginne so langsam zu verstehen.
„Verstehe, worüber willst du dich denn unterhalten?"
„Du bist sehr Hübsch, Hannah!"
Wieder läuft es mir eiskalt über den Rücken.
„Du willst dich über mein aussehen unterhalten?"
Hank trinkt einen Schluck, dabei durchbohrt mich sein Blick.
„Falls du mal genug von dem Hosenscheißer hast, und einen richtigen Mann möchtest, weißt du ja zu wem du kommen kannst."
Ekel überkommt mich.
„Selbst wenn du der letzte Mann auf Erden wärst, würde die Menschheit eher aussterben, bevor wir beide.."
Ich schüttle mich, alleine der Gedanke daran.

Hank greift nach meiner Hand,
„oh glaube mir, alles was der Hosenscheißer kann, hat er von mir."
Ich ziehe meine Hand zurück.
„Du kannst also noch mehr außer kleine Jungs zu verprügeln?"
Er sieht mich ernst an, Angst überkommt mich.
„Er war ein böser Junge, sehr ungezogen. Disziplin hat noch keinem geschadet."
Ich muss auflachen,
„Disziplin ja? Wegen kaltem Wasser in der Dusche? Deiner Alkoholfahne? Weil er Hunger hat?"
schreie ich ihn an und stehe dabei auf.
„Oder warum auch immer du dachtest er gehöre diszipliniert?"
Ich will gerade gehen als Hank mich aufhält, er greift nach meinem Oberarm und drückt ihn so fest dass es mir Schmerzen bereitet.
„Pass auf was du sagst, Hannah-Süße, du solltest nicht so mit mir reden!"
flüstert er mir ins Ohr.
„Sonst was? Brichst du mir meinen Arm?" flüstere ich zurück.
Hank lächelt, lässt mich los.
„Grüße an den Hosenscheißer!"
Er verlässt das Café. Erleichtert atme ich auf.
Am Abend weiß ich nicht recht wie oder ob ich Lucas von Hank erzählen soll.
„Aua!"
Ich zucke zusammen als er mich umarmt. Hank´s griff hinterließ blaue Flecken.
„Was hast du?" fragt Lucas und streichelt vorsichtig über meine Schulter.
„Ach nichts, ich habe mich auf Arbeit gestoßen!" lüge ich ihn an.
Lucas bemerkt allerdings dass etwas nicht in Ordnung ist. Womöglich liegt es auch daran dass mich diese Szene im Café

immer noch verfolgt.
Ich stehe im Schlafzimmer und mache mich Bett fertig, als Lucas herein kommt. Sofort fällt ihm mein Oberarm auf.
Er sieht mich nur an, wortlos legt er sich ins Bett und beobachtet mich. Ohne ihn anzusehen lege ich mich neben ihn und schalte das Licht aus.
Am nächsten Morgen verhalte ich mich ähnlich, ich stehe vor Lucas auf und gehe duschen, kann ihm beim Frühstück nicht in die Augen sehen.
Mittags besucht mich Clark auf Arbeit. Freudig umarme ich ihn.
„Was führt dich zu mir?"
„Lucas erzählte mir du hättest eine Verletzung am Oberarm!"
Ich hätte mir denken können, dass er Clark davon erzählen würde.
„Äh, ja das ist nichts weiter!"
„Zeig sie mir, Hannah!" fordert er mich auf.
Ich sehe ihn mit aufgerissenen Augen an.
„Warum?"
„Bitte?!"
„Nein, ich weiß nicht warum ich das sollte!" protestiere ich.
„Hannah!!"
Seine Stimme wird lauter, fordernder.
Ängstlich sehe ich ihn an und ziehe meine Strickweste aus.
Clark nickt als er die Flecken sieht.
„Lucas hatte also recht!"
„Womit?" frage ich leise und ziehe die Weste wieder an.
„Wer hat dich am Arm gepackt, Hannah?"
„Ich sagte doch ich.."
„Ja! Dass sagtest du, und wir glauben dir das nicht," unterbricht er mich.
Ich setze mich und blicke auf den Boden.
„Er wollte beweisen dass er sich nichts verbieten lässt."
Ich sehe Clark in die Augen,

„nannte Lucas einen Hosenscheißer und baggerte mich an. Als ich gehen wollte da.."
Ich fange an zu weinen. Die Tür öffnet sich und Lucas platzt herein,
„da was??" schrie er dabei.
„Lucas bitte!" beruhigt Clark ihn.
„Nein. Er hat ihr Weh getan."
Genau so schnell wie Lucas herein kam, so schnell war er auch wieder verschwunden.
„Hannah ich muss, bevor er etwas tut was er bereuen wird."
Ich nicke ihm zu und Clark rennt den Flur entlang.

Es ist bereits nach Mitternacht als sich die Zimmertür öffnet. Lucas schleicht sich herein und rutscht ins Bett. Er bemerkt nicht dass ich wach bin, somit auch nicht das ich seine Wunden an den Fingerknöchel gesehen habe.
Am Morgen werde ich von Mia geweckt.
„Hannah, Clark ist im Wohnzimmer und sucht nach Lucas!"
Ich drehe mich um und taste nach ihm, doch er liegt nicht neben mir. Ich ziehe meinen Bademantel über und folge Mia ins Wohnzimmer.
„Morgen Clark. Was ist denn Los?"
„Wo ist er?" fragt Clark mit gedämmter Stimme.
Er trägt seine Uniform. Es ist also kein Höflichkeitsbesuch.
„Ich weiß es nicht, er liegt nicht mehr im Bett."
„War er die ganze Nacht bei dir?"
Clark holt einen Notizblock heraus und notiert sich etwas.
„Was ist los?" frage ich nervös.
„Beantworte meine Frage bitte!"
„Ja!" rufe ich ihm wütend zu.
Mia sieht mich verwirrt und mitleidig an.
„Seit wann war er gestern bei dir?"
„Wird das ein Verhör, Clark?" fragt ihn Mia bevor ich antworten kann.

„Wenn ja wollen wir erst wissen was los ist."
Gerade als Clark etwas sagen will, öffnet Lucas die Tür.
„Hi ich hab Frühstück gekauft, was ist los?"
Ich nehme ihm die Tüte aus der Hand und gebe ihm einen Kuss. Wieder fallen mir seine Wunden auf. Auch Clark bemerkt sie.
„Woher hast du die Verletzung an den Händen, Luke?"
„Hab mich in einer Bar geprügelt."
„In welcher?"
Lucas sieht Clark misstrauisch an, steckt seine Hände in die Hosentaschen.
„Ok, um wie viel Uhr war das?" fährt Clark fort.
Immer noch sieht Lucas ihn wortlos an.
„Clark, warum verhörst du uns? Was ist passiert?" frage ich ernst.
„Hank ist Tod! Ihm wurde der Schädel eingeschlagen. Hinter der Santana-Bar. Der Holzblock lag noch neben ihm."
Entsetzt halte ich mir meine Hand vor den Mund.
Sehe zu Lucas. Er nickt.
„Wo warst du gestern zwischen 21-23 Uhr?"
wendet sich Clark wieder Lucas zu.
Er sieht mich an,
„in der Santana-Bar!"
Sofort fange ich an hysterisch zu weinen. Sacke auf die Knie.
„Mr. Summers ich verhafte sie wegen Mordverdacht an Hank Jacobs."
Clark legt ihm Handschellen an, er konnte mich dabei nicht ansehen. Lucas beugt sich in der Hocke vor mich, legt seine Stirn auf meine, schließt seine Augen und atmet tief ein.
Ich nehme sein Gesicht in meine Hände, streiche ihm über die Haare.
„Ich liebe dich Hannah!"
Das letzte was ich von ihm höre, bevor Clark ihn mitnimmt.

Kapitel 8
Unschuldig bis die Schuld bewiesen ist

Nervös, mit rot geschwollenen Augen und seit Tagen nichts mehr gegessen, sitze ich auf dem Polizeirevier.
„Bitte Clark nur 5 Minuten!?"
flehe ich ihn, wie jeden Tag seit Lucas´ Verhaftung, an.
„Nein Hannah. Das ist nicht möglich,"
antwortet Clark wie jeden Tag, wenn ich ihn darum bitte.
Wieder schickt er mich nach Hause, ohne dass ich zu Lucas durfte. Doch diesmal gebe ich nicht so leicht auf. In Zwei Tagen soll er ins Bezirksgefängnis verlegt werden. Ich habe also nur noch Zwei Tage Zeit ihn einmal zu sehen, bevor seine Verhandlung beginnt. Er wird wegen Mordes angeklagt, die Beweise sprechen gegen ihn. Zeugen haben ausgesagt, er habe Hank in der Bar aufgesucht und ihm gedroht, er würde ihn umbringen sollte er mich auch nur noch einmal anfassen. Lucas soll ihm gefolgt sein als Hank die Bar verließ.
Weitere Zeugen sollen eine Schlägerei gesehen haben zwischen ihm und Hank. Lucas streitet die Vorwürfe nicht ab, was die Sache auch nicht besser macht.
Ich packe einen Schlafsack und ein Kopfkissen zusammen und mache mich wieder auf den Weg zum Revier.
Provokativ bereite ich die Sachen im Warteraum aus und lege mich hin. Keine Zwei Minuten Später steht auch schon Clark vor mir.
„Was machst du da, Hannah?"
„Ich lege mich schlafen."
Er setzt sich neben mich und atmet schwer.
„Und warum?"
„Weil ich müde bin," sage ich und decke mich zu.
„Du kannst hier nicht schlafen, Hannah."
„Ich werde solange hier bleiben bis ich ihn gesehen habe."
Ich verschränke meine Arme und schließe meine Augen.

„Du kannst gerne sitzen bleiben, oder mich mit Gewalt weg tragen lassen, ich bleibe."
Ich höre Clark schwer atmen.
„Gute Nacht, Hannah!"

Eine Kaugummiblase weckt mich aus dem Schlaf, ich schrecke auf. Lucas sitzt an der Stelle an der zuletzt Clark saß.
Er trägt Handschellen an den Händen und den Beinen, Zwei Polizisten bewachen ihn. Er lächelt mich an als er merkt dass ich wach bin.
„Hallo Hannah.."
Ich falle ihm um den Hals, die Polizisten beobachten uns streng. Ich fange an zu weinen. Vergrabe mein Gesicht in seinen Hals.
„Warum Lucas, Warum hast du das getan?"
schluchze ich dabei.
„Ich habe ihn nicht getötet, Hannah."
Ich schnäuze meine Nase und sehe ihn fragend an.
„Aber die Zeugenaussagen? Und du hast es zugegeben?"
„Ja! Das ich in der Bar war, Ja! Dass ich ihm gedroht habe, Ja! ich bin ihm gefolgt und habe mich mit ihm geprügelt. Aber als ich ging hat er noch gelebt, er lachte und beschimpfte mich als Hosenscheißer, doch ich habe ihn stehen lassen."
„Hast du das Clark erzählt?"
„Ja und auch meinem Anwalt."
Ich schnäuze erneut, die Polizisten signalisieren dass es Zeit wird zu gehen.
„Geh nach Hause, Hannah," bittet er mich beim aufstehen.
Ich nicke und packe die Sachen wieder ein.
„Findet die Blondine," flüstert er mir zu.
„Welche Blondine?"
Bevor er mir antworten kann, wird Lucas wieder in den Sicherheitstrakt gebracht.

Die darauffolgenden Nächte kann ich nicht schlafen.
Immer wieder schwirren mir Lucas' Worte durch den Kopf.
Findet die Blondine!!
Welche Blondine? Frage ich mich am laufenden Band.
Ich habe seit Tagen nichts mehr gegessen. Bin schon seit seiner Verhaftung krank geschrieben. Mia und Sam versuchen mich täglich aufzuheitern, doch vergeblich. So langsam beginne ich durchzudrehen, um so näher seine Verhandlung rückt, um so schlechter geht es mir. Seit Tagen sitze ich vor einem Blatt Papier und versuche Lucas einen Brief zu schreiben, finde nicht die richtigen Worte. Heute kann ich nicht schlafen und schleiche mich aus dem Haus, setze mich ins Auto und starre auf die Straße. Wieder schwirren mir Lucas' Worte durch den Kopf.
Findet die Blondine..
Wie in Trance schalte ich den Motor an und fahre los. Auf einem Parkplatz vor der Santana-Bar mache ich Halt. Beobachte die Leute, vor der Bar stehen ein paar Raucher und necken sich gegenseitig.
An einem Auto zwei reihen weiter steht ein junges Pärchen wild knutschend. Ich muss erst schmunzeln bei dem Anblick, fange aber unmittelbar danach an zu weinen. Langsam laufe ich hinter die Bar. Hier sind immer noch die Spuren des Tatortes sichtbar. Hank´s Blut ist noch klar zu erkennen, direkt neben der großen Mülltonne. Daneben liegt ein Holzstamm, ich streiche vorsichtig darüber. Vor meinen Augen spielt sich die Szene eines Kampfes zwischen Lucas und Hank ab.
Stelle mir vor was passiert sein könnte. Immer wieder sehe ich vor mir wie Lucas, Hank mit dem Holzblock erschlägt, immer wieder versuche ich mir vorzustellen, dass Hank noch gelebt hat als er ging, so wie Lucas es mir erzählte. Immer wieder höre ich Clark´s Stimme die mir erzählt was die Zeugen ausgesagt hatten.
Nach Luft ringend, mit verheultem Gesicht und laufender Nase

lasse ich mich auf den Boden fallen. Lehne mich an die Mülltonne und schluchze vor mich hin. Umklammere meine Knie, alles dreht sich um mich.
„Geht es ihnen nicht gut, Miss?"
Ich wische mit dem Ärmel meiner Jacke die Tränen aus dem Gesicht und schaue nach Oben. Ein dicklicher Mann mit einer Schürze um den Bauch gebunden, starrt mich an und wirft einen Sack in die Tonne.
„Brauchen sie Hilfe?"
Ich schüttle meinen Kopf.
„Nein danke," krächze ich zurück.
„Was machen sie da so Spät, alleine und im Pyjama?"
Er sieht mich verwundert an. Erstaunt über seine Worte, stehe ich auf und sehe an mir herunter. Ich habe wirklich meinen Pyjama an.
Wie in Trance starre ich auf den Blutfleck. Der Mann bemerkt meinen Blick und schaut ebenfalls in seine Richtung.
„Oh verstehe..! Kannten sie Hank?"
Wieder verneine ich in dem ich den Kopf schüttle.
Mir wird kalt und ich verschränke meine Arme um den Oberkörper.
„Sind sie sicher dass es ihnen Gut geht?"
fragt er erneut und berührt meinen Arm. Ich zucke zusammen.
„Kommen sie doch mit hinein. Ich hab die Bar gerade geschlossen. Ich koche ihnen einen Kaffee und dann rufe ich jemand an der sie abholen kommt."
Ohne Worte folge ich ihm in die Bar. Setze mich an einen Tisch und ziehe die Füße an den Körper.
„Ich heiße übrigens Benny," sagt er und stellt mir eine Tasse hin. Er beobachtet mich während ich einen Schluck trinke.
„Ich bin Hannah," flüstere ich ihm zu.
„Also Hannah, wen soll ich denn jetzt anrufen?"
Lucas!! denke ich und fange wieder an zu weinen.
Benny steht auf und bringt mir Taschentücher. Legt mir ein

kleines Blatt und einen Stift hin und sieht mich einfach nur an. Reflexartig schreibe ich Namen und Nummer von Clark auf und schiebe den Zettel zurück, trinke einen erneuten Schluck Kaffee und weiche seinem Blick aus. Benny steht auf und läuft hinter den Tresen, ich höre ihn telefonieren. Er lässt mich alleine sitzen und räumt weiter die Gläser auf. Etwa eine halbe Stunde später klopft es an der Tür und Benny geht öffnen.
„Ich habe sie heulend an den Mülltonnen gefunden, Officer!" höre ich ihn sagen bevor Clark die Bar betritt. Er trägt seine Uniform und sieht mich kritisch an. Ohne Worte setzt er sich neben mich. Benny bringt ihm ebenfalls einen Kaffee.
Ich fange wieder an zu schluchzen.
„Es tut mir Leid, Clark. Ich weiß nicht wieso ich hierher gekommen bin."
Clark nimmt mich in den Arm.
„Komm wir gehen nach Hause, Hannah."

Immer wieder zieht es mich zu der Bar. Ich stehe davor und starre die Tür an. Immer wieder mache ich kehrt. Doch heute halte ich den Türknauf in der Hand und drücke die Tür auf. Ein warmer Windhauch empfängt mich, der Geruch von schalem Bier steigt in meine Nase. Der Boden klebt unter meinen Füssen. Langsam ertaste ich mir den Weg zum Tresen.
„Hallo meine Hübsche, darf ich dich zu einem Trink einladen?"
Ich setze mich auf einen Barhocker und nicke zaghaft.
„Sehr schön, Benny gib der Lady bitte was sie Trinken möchte."
Benny erhascht meinen Blick und zögert kurz.
„Was darf es denn sein, Miss?" fragt er mich dennoch.
„Ein Bier bitte."
„Oh eine Lady die weiß was Gut ist," sagt der Typ der mir meinen Trink bezahlt.
„Na dann Prost," sage ich und halte mein Bier in die Höhe.
„Wie heißt du kleines?" will er wissen nach dem er einen

Riesen Schluck aus der Flasche getrunken hatte.
Mein Blick fällt auf Benny der mich beobachtet.
„Susan, mein Name ist Susan," antworte ich und beobachte dabei ebenfalls Benny.
„Angenehm, Susan. Mein Name ist Jake."
Er streckt mir die Hand hin und ich schüttele sie.
„Was führt dich in diese Bar, Susan?"
Benny sieht mich an als wolle er wissen was ich vorhabe.
„Hier soll es das beste Bier der Stadt geben.." improvisiere ich.
„Na dann, noch eins für die Lady, Benny!" lacht Jake.
„Was willst du wirklich hier, Hannah?" fragt mich Benny als Jake auf die Toilette geht.
„Ich suche die Blondine!!" flüstere ich ihm zu.
„Die Blondine? Welche Blondine?"
„Ich habe keine Ahnung, Benny, ich habe keine Ahnung!"
Bevor Jake wieder kommt schleiche ich mich nach draußen und stehe wieder vor den Mülltonnen. Wieder hypnotisiert mich der Blutfleck. Er ist nur noch schwach zu erkennen, aber ich sehe ihn noch. Ich höre das klacken eines Feuerzeuges und drehe mich ruckartig um. Benny steht an der Hintertür der Bar und beobachtet mich argwöhnisch.
„Wer bist du Hannah?"
Ich atme Tief durch und laufe in seine Richtung.
„Jemand der die Wahrheit heraus finden will."
Die Bar ist fast Leer, Benny stellt schon die Stühle auf die bereits leeren Tische. Die letzten Gäste sind am gehen. Ich sitze im hinteren Bereich und beobachte alles. Als alle gegangen sind schließt Benny die Bar ab und bringt mir einen Mopp.
„Wenn du schon nicht gehen willst, dann kannst du auch nützlich sein."
Ich lächle ihn an und fange an den Boden zu wischen.
„So kleines, und jetzt erzähl mir mal bitte wer genau du bist und warum du als Susan meine Bar aufsuchst?"
fragt mich Benny als ich fertig bin und mich wieder zu ihm an

den Tresen setze.
„Ich will wissen was genau am Abend von Hank´s Tod passiert ist."
„Soviel ich weiß hat ihn sein Stiefsohn erschlagen," antwortet Benny und beugt sich zu mir.
„Nein hat er nicht....!" werde ich laut und schlage mit der Hand auf den Tresen.
Benny zuckt zurück.
„Oh, verstehe. Du bist dann wohl die kleine worüber sie gestritten haben," sieht er mich an.
Ich weiche seinem Blick aus und starre auf den Boden.
„Hör zu Hannah, schon als sein Stiefjunge das erste mal her kam, hat es Ärger gegeben und ich musste die Polizei holen, dein Polizisten freund kam damals auch schon her. Sie hatten ihn..."
„Ich weiß was sie damals mit ihm gemacht haben!" schreie ich ihn an.
„Gut," wieder beugt sich Benny zu mir.
„Und als er an dem besagten Abend her kam, drohte er damit Hank umzubringen."
Ich schüttle meinen Kopf,
„nein, ja. Aber er hat ihn nicht erschlagen."
Mit Tränen in den Augen sehe ich Benny an.
„Und du bist jetzt hier um das zu beweisen?"
Ich nicke.
„Ok Susan, dann werde ich dir dabei helfen!" lächelt er mich an.
Ab sofort führe ich ein Doppelleben. Tagsüber bin ich Hannah, die Sozialarbeiterin, Nachts, Susan die Bardame in der Santana-Bar. Je öfters ich bei Benny in der Bar arbeite, umso weniger wundere ich mich über die Leute die dort verkehren. Es sind zum Teil immer die gleichen. Seine Stammgäste wie Benny sie nennt. Doch an denen bin ich weniger interessiert, mehr an den Blondinen die dort verkehren. Doch welche ist die

richtige? Und was genau meinte Lucas überhaupt damit?
Wieder einmal mache ich mich fertig um in die Bar zu gehen als Clark mich besucht. Ich weiß selbst wenn er nicht in Uniform vor mir steht, ist sein Besuch kein Höflichkeitsbesuch. Er sitzt auf dem Sofa und starrt mir in die Augen.
Ich seufze,
„was ist Los, Clark?"
„Mia erzählte mir du verbringst deine Nächte damit als Susan in der Santana-Bar zu arbeiten?"
Er hat diesen Polizistenunterton aufgelegt.
„Ja! Ist das etwa verboten?"
„Ich frage mich wieso du das tust?"
Ich beuge mich zu ihm und sehe ihm ebenfalls tief in die Augen.
„Als Bardame hört man so einiges," flüstere ich dabei.
„Du glaubst gar nicht was die Leute so alles erzählen...!"
Clark nickt und sieht auf den Boden. Ich lasse mich wieder nach hinten fallen.
„Am Montag beginnt Lucas´ Verhandlung. Ich habe es geschafft, dass du ihn nochmal sehen darfst!"
Mit großen Augen sehe ich ihn an. Mein Herz rast, meine Atmung stockt.
„Ich darf ihn echt sehen?" krächze ich.
„Ja! Ich hole dich morgen um 10 Uhr ab."
Ich habe Lucas seit sechs Wochen nicht mehr gesehen oder gesprochen, seit ich auf dem Polizeirevier übernachten wollte. Ich beschließe heute nicht in die Bar zu gehen, bin viel zu nervös. Die Nacht kann ich kaum schlafen, meine Sehnsucht verbrennt mich innerlich.
Punkt Zehn Uhr stehe ich Abmarsch bereit in der Küche und schaue aus dem Fenster. Als Clark vorfährt packe ich meine Tasche und haste nach unten. Gerade als er auf die Klingel drücken wollte, reise ich die Tür auf.
„Wow Hannah, hast du auf mich gewartet?" lächelt er mich an.

Ohne Worte laufe ich zum Auto und ziehe ihn mit.
„Nur langsam, er kann dir ja nicht weglaufen!" scherzt Clark.
„Das ist nicht witzig Officer Mellory," ermahne ich ihn und schnalle mich bereits an.
Clark lacht auf und steigt ein. Schnallt sich ebenfalls an und schaut in meine Richtung. Ich atme tief ein und warte bis wir los fahren. Ich sehe Clark an. Er grinst immer noch.
„Worauf wartest du denn? Fahr los!"
Wir sitzen in einem Raum mit winzigen vergitterten Fenstern.
Ich frage mich warum die Fenster vergittert sind?
Bei diesen kleinen Öffnungen kann sich sowieso niemand durch quetschen. Die Stühle sind aus Metall und am Boden fest geschraubt. Der Tisch vor uns ist ebenfalls aus Metall, er fühlt sich kalt an. Der ganze Raum fühlt sich kalt an. Man soll sich hier anscheinend nicht sehr Wohl fühlen. Zweck erfüllt, ich fühle mich unwohl. Draußen höre ich Stimmen und durch die Milchglastür erkenne ich die Schatten von Drei Personen.
„Zehn Minuten Mr. Summers! Keine Dummheiten.."
Die Tür öffnet sich und ein Polizist betritt den Raum.
Ich starre ihn an. Mein Herz rast, meine Hände werden ganz Feucht. Clark steht auf und begrüßt den Mann. Sie flüstern sich etwas ins Ohr.
„Hannah, euer Gespräch wird aufgezeichnet. Keine Berührungen."
Ich reise meine Augen weit auf,
„keine Berührungen?"
„Ja! Das ist Vorschrift, er steht unter Mordanklage, Ms. Smith," antwortet der Polizist und dreht sich Richtung Tür.
Die Tür öffnet sich erneut und Lucas wird herein geführt.
Mein Herz springt förmlich aus meiner Brust als ich ihn sehe.
Ohne Worte und keinen Blick auf mich gerichtet setzt er sich an den Metalltisch. Seine Hände werden an den großen Ring auf dem Tisch fest gekettet.
„Ich warte draußen auf dich," flüstert Clark mir zu und verlässt

mit dem Ersten Polizisten den Raum.
Ein weiterer legt ein Diktiergerät in die Mitte des Tisches und stellt sich in die Ecke neben die Tür.
„Zehn Minuten Miss.." nickt er mir zu.
Erst jetzt schaut Lucas mir in die Augen. Seine Reaktion erinnert mich an das erste Mal als er in meinem Büro saß und mich einfach nur anstarrte. Die ersten Vier Minuten verschwenden wir damit uns einfach nur anzusehen.
Ich beuge mich nach vorne und nehme seine Hände in meine. Schaue dabei den Polizisten an. Er beobachtet mich ebenfalls. Keine weitere Reaktion.
„Wie geht es dir?" frage ich Lucas zaghaft.
Sein Blick fällt auf den Tisch und sein Bein fängt an zu wippen. Er drückt meine Hände und streichelt mit dem Daumen die Innenfläche.
„Ich suche gerade die Blondine!"
Er sieht mich an.
„Ich arbeite in der Santana-Bar..!"
sein Blick verfinstert sich,
„du tust Was??"
„Wie soll ich denn sonst die Blondine finden?"
Ich fange an zu weinen. Er versucht meine Tränen wegzuwischen als der Polizist ihm auf die Schulter tippt.
Ich wische sie mir selbst aus dem Gesicht.
„Noch Zwei Minuten," sagt der Polizist und stellt sich zurück in die Ecke.
„Weißt du wie viel Blondinen es in der Bar gibt?" quietsche ich.
Lucas lächelt zaghaft. Trommelt mit den Fingern auf den Tisch.
„Eine davon ist die, die an dem Abend bei ihm war. Sie hat gesehen dass Hank noch lebte als ich gegangen bin," antwortet mir Lucas.
„Weiß die Polizei das schon?"
„Wenn nicht dann wissen sie es jetzt..!"

Sein Blick fällt auf das Diktiergerät.
„Oh," antworte ich erstaunt.
„Keine Panik mein Engel, ich habe das bereits ausgesagt," lacht Lucas mich an.
Die Tür öffnet sich und Clark tritt mit dem ersten Polizisten wieder herein.
„Die Zeit ist um."
Ich falle Lucas um den Hals, werde aber sofort von den Polizisten zurückgezogen.
„Ich finde sie, ich werde sie finden," rufe ich ihm nach als er nach draußen geführt wird.
Wieder in Clark´s Auto sehe ich ihn streng an.
„Was willst du Hannah?"
„Was weißt du über die Blondine?"
„Ich darf mit dir nicht darüber sprechen!"
„Pfffff.." gebe ich zurück.
„Ich habe mich sowieso schon zu weit aus dem Fenster gelehnt, weil du heute bei ihm warst."
„Ttttzzzz.." verdrehe ich die Augen.
„Außerdem ist es nicht mein Fall."
„Na dann kannst du mir ja erzählen was ich wissen will!!"
„Ich darf nicht über laufende Ermittlungen reden.."
Ich verschränke meine Arme vor mir und spiele vor Clark die beleidigte. Ohne Erfolg. Er setzt mich vor der Santana-Bar ab und fährt weiter ohne meine Frage zu beantworten.

„Benny wie gut kanntest du Hank?"
Wir haben die Bar gerade geschlossen und Benny rechnet die Kasse ab, während ich die Gläser spüle.
„Nicht sehr gut, Mäuschen."
Er sieht mich mit gesenktem Blick an, seine Zigarette hängt im Mundwinkel und seine Brille liegt schief auf der Nase.
„Er kam jedes Wochenende, bestellte sich Whiskey, grapschte die Mädels an und redete nicht viel."

„War er jemals mit einer Blondine hier?" frage ich und lehne mich auf den Tresen.
Benny drückt seine Zigarette aus und schiebt seine Brille nach oben.
„Er kam immer ohne weibliche Begleitung."
Enttäuscht trockne ich die Gläser ab.
„Was nicht heißen soll dass er auch immer alleine nach Hause ging," hängt Benny dran,
„meistens waren sie Blond!"
Voller Hoffnung sehe ich Benny an.
„Und an dem Abend des Mordes? War da eine Blondine in seiner Nähe?"
„Sicher! Aber wie ich deinem Officer schon sagte, hatte ich sie an diesem Abend das erste Mal gesehen und seither auch nicht wieder!"
Er wendet sich wieder seiner Kasse zu.
„Beeennyy... warum hast du dass den bisher nicht gesagt?"
Benny sieht mich fragend an,
„sie war nicht in seiner Begleitung. Er hätte sie aber gerne gehabt. Auf Deutsch er belästigte sie. Ich hab jetzt ehrlich nicht an diese Dame gedacht, als du mich nach einer Blondinen Zeugin gefragt hast."
Ich seufze,
„Wahrscheinlich hast du recht, wahrscheinlich wird Lucas nicht diese Blondine gemeint haben.."
Ich räume die Gläser ins Regal,
„eine Blondine war bei ihm, und ich werde sie finden Benny..!"

Kapitel 9
Die Blondine

Seit Drei Monaten bin ich jetzt schon Susan die Bardame.
Seit Drei Monaten *belästige* ich jede Blondine die in Benny´s
Bar kommt. Doch keine scheint Hank´s Blondine zu sein.
So langsam läuft mir die Zeit weg. Lucas´ Verhandlung wurde
auf bitten seines Anwaltes um 150 Tage verschoben. Er konnte
den Richter überzeugen, dass es noch eine Zeugin gäbe, die
Lucas´ Unschuld beweisen könne.
„150 Tage, Ms. Smith! Enttäuschen sie mich nicht,"
sagte er zu mir. Jetzt habe ich nur noch 50 Tage und bin keinen
Schritt weiter...
Clark sitzt wieder am Tresen; jeden Samstag Abend nimmt er
sich Frei und kommt in die Bar. Ich sage ihm jeden Samstag,
dass er nicht kommen solle, doch der Polizist in ihm möchte
mich beschützen.
„Ich habe Lucas versprochen ich passe auf dich auf, Hannah!"
Es ist ein Abend wie sonst auch. Hektisch durch die ganzen
grapschenden Betrunkenen, aber wieder keinen weiteren
Hinweis erhalten.
„Ich habe dir gesagt, dass es unmöglich ist sie zu finden, wenn
du nicht mal weißt wie sie ausschaut, oder einen Namen hast!"
muntert mich Clark auf, als ich mit Benny die Bar abschließe.
Ich sehe ihn strafend an. Doch er hatte ja Recht. Ich müsste
etwas anderes unternehmen. Aktiver werden. Schließlich rennt
uns die Zeit davon. Die Polizei hatte ihren Mörder bereits
gefunden und wollte mir nicht helfen. Der Privatermittler von
Lucas´ Anwalt hatte es noch nicht mal wirklich versucht. Er
befragte Nachbarn und Arbeitskollegen. Doch keiner kennt
eine Blondine an Hank´s Seite. Also gab er wegen zu wenig
Informationen auf.
„Ich beauftrage einen Privatdetektiv!" warf ich in die
schweigende Runde.

Benny und Clark sehen mich fragend an.
„Und der soll dann was machen?" brummte mich Clark an.
„NACH DER BLONDINE SUCHEN...!" schreie ich ihn an.
Ich lege ihm einen Zettel vor die Nase:

Zeugin gesucht!!!
Welche Blondine hat den Kampf zwischen zwei
Männern hinter der Santana-Bar am 10. Juli gegen
Mitternacht, beobachtet und kann mir Auskunft
über den Ausgang der Schlägerei geben?
Hinweise bitte an Susan S.,
Bardame der Santana-Bar...!

Wieder sieht er mich fragend an.
„Ich habe diesen Artikel in der Zeitung abdrucken lassen.."
sage ich beiläufig und nehme ihm den Zettel wieder aus der
Hand um ihn an Benny´s Pinnwand zu heften.
„Sie nicht mich an," wehrt sich Benny,
„ich kann sie sowieso nicht davon abhalten."
„Hannah, du musst der Tatsache so langsam ins Auge blicken
und verstehen, dass..."
„Stopp," rufe ich Clark zu,
„ich werde niemals aufgeben.. Selbst wenn es Jahre dauern
wird, ich werde seine Unschuld beweisen."
Clark sieht erneut zu Benny, der leise vor sich hin schmunzelte.
„Ich habe morgen einen Termin mit einer Privatdetektei, es ist
schon spät meine Herren, ich werde jetzt nach Hause gehen
und etwas schlafen, gute Nacht."
Ich packe meine Tasche und stolziere hinaus.

Am nächsten Morgen bin ich mit Samantha verabredet.
Sie will mich zur Detektei begleiten. Punkt Neun Uhr steht sie
in meiner Küche.

„Wie schaust du denn aus?" lache ich sie aus.
Sie trägt eine schwarze Nadelstreifenhose und einen dunkelblauen Trenchcoat darüber. Sie hat ein beige´s Tuch um den Kopf gewickelt und eine ziemlich große schwarze Sonnenbrille auf der Nase.
„Wieso? Ich muss Geheimnisvoll und doch Seriös aussehen."
„Du siehst eindeutig zu viel Fernsehen, Sam."
Beim hinaus gehen, ziehe ich mir ebenfalls eine Sonnenbrille an, was Sam zum Lachen bringt.
Wir sitzen in der Detektei Sunset und warten auf Mr. Kingsley mit dem ich einen Termin habe. Um so länger er uns warten lässt, um so mehr Zweifel hege ich an meinem Vorhaben.
„Alles in Ordnung, Hannah?"
„Nein, Ja.. ich meine.."
„Was ist Los?"
Sam zieht die Sonnenbrille aus und sieht mich mit großen Augen an.
„Was ist wenn dass hier ebenfalls eine Sackgasse wird? Wenn Clark recht hat und Mr. Kingsley den Fall nicht übernehmen will?"
Sam seufzt,
„jetzt warten wir erst mal ab.."
„Ja aber was ist wenn..," ich stocke.
„Wenn was?"
„Wenn es gar keine Blondine gibt?" flüstere ich.
Sam sieht mich entsetzt an,
„dann hat Lucas dich angelogen und verdient es nicht besser wie verurteilt zu werden."
Die Tür geht auf und Mr. Kingsley bittet uns herein.
Samantha zieht die Brille wieder auf und läuft zur Tür.
„Guten Tag, mein Name ist Samantha James und das ist meine Freundin Hannah Smith. Wir sind hier weil wir mit unseren Ermittlungen nicht weiter kommen."
„Hallo, bitte setzen sie sich doch."

Ich werde immer nervöser.
„Ich muss ihnen leider sagen, dass die Mittel sehr wenig sind, die sie mir überlassen. Es ist fast unmöglich auf diese Art und Weise jemanden zu finden," fährt er fort.
„Ich wusste es.." murmle ich.
„Psst!" zischt Sam.
„Mr. Kingsley wenn es einfach wäre, dann bräuchten wir keine Detektei um sie zu finden."
Mr. Kingsley lehnt sich in seinem Stuhl zurück.
„Ich sagte auch nur fast, Ms. James."
Sam lehnt sich ebenfalls zurück und schlägt die Beine übereinander.
„Gut, worin sehen sie dann das Problem?" fragt sie nach.
Er sieht mich an, ich rutsche mittlerweile auf meinem Stuhl auf und ab. Sam stößt mich mit dem Ellenbogen an. Ich räuspere mich,
„Worin sehen sie dann das Problem, Mr. Kingsley?" wiederhole ich Sam´s Worte.
„Nun ja meine Damen, ich bin nicht ganz Billig."
Samantha zieht ihre Brille aus, holt eine Geldrolle aus ihrer Handtasche und schiebt es über den Tisch.
„Also ich sehe darin kein Problem," sagt sie dabei.
Mr. Kingsley nickt und holt einen Block hervor.
„Dann brauche ich noch ein paar Eckdaten, zum Beispiel den Namen des Opfers, des mutmaßlichen Täters und Tatort?!"
„Hank Jacobs, Lucas Summers und hinter der Santana-Bar.." quietsche ich.
„Wenn das dann alles wäre,"
Samantha zieht ihre Sonnenbrille wieder auf,
„werden wir sie nicht länger von der Arbeit abhalten."
Sie steht auf und schüttelt seine Hand.
„Auf wiedersehen, Mr. Kingsley."
Wortlos laufen wir zum Parkplatz.
Als wir im Auto sitzen schauen wir uns gegenseitig an und

fangen an zu kreischen.
„Ahhhh, dass war sooo aufregend," freut sich Sam, „das wollte ich schon immer mal machen."
„Ich sehe darin kein Problem.." mache ich sie nach.
„Aber Sam, woher hast du soviel Geld?"
„Mache dir darüber keine Gedanken, ich habe es gespart."
„Nein das kann ich nicht annehmen!!" protestiere ich.
„Doch kannst du! Zahle es mir zurück wenn Lucas wieder zu Hause ist."
Ich umarme sie.
„Danke!"

Etwa Zwei Wochen später meldete sich Mr. Kingsley bei mir. Er hatte erste Hinweise gefunden und wollte sie mit mir durchgehen. Wir verabreden uns in der Santana-Bar.
„Ich bin die letzten Zehn Tage seines Lebens nochmal durchgegangen, soweit wie es mir möglich war. Dabei habe ich herausgefunden, dass er einen Hostessenservice aufgesucht hatte und seine Begleitung das ganze Wochenende gebucht hat," erzählte er mir.
„War sie zufällig Blond?" frage ich voller Hoffnung.
„Nein, rothaarig."
Enttäuscht sehe ich Benny an,
„er hatte keine weibliche Begleitung an dem besagten Abend?"
Benny schüttelte den Kopf,
„keine Blonde, keine Rote, auch keine Brünette."
„Vielleicht kam sie nicht mit in die Bar?!" fuhr Mr. Kingsley fort,
„vielleicht blieb sie im Motel?!"
„Welches Motel?"
„Das Motel in dem er an dem Mordwochenende wohnte, Ms. Smith."
Er drehte sich Richtung Tür,
„gleich hier unten an der Straße..!"

„Aber Lucas hat sie gesehen, also muss sie hier gewesen sein."
„Vielleicht, kam sie nach?" wirft Benny ein.
„Und sah die Zwei hinter der Bar bei der Schlägerei?"
„Vielleicht?" bestätigt Mr. Kingsley.
„Aber sie war nicht Blond...!" mische ich mich ein.
„Ich denke vielleicht hat Mr. Summers sich in der Farbe geirrt, ich habe den Manager kontaktiert. Er sagte Mr. Jacobs hatte eine rothaarige Begleitung."
„Mr. Kingsley ich bezahle sie nicht damit sie denken, sondern dass sie mir die Blondine bringen.. Wenn Lucas sagt sie war Blond dann war sie Blond."
Mr. Kingsley trinkt wortlos sein Bier aus.
„Gut Ms. Smith, dann werde ich mich wieder an die Arbeit machen. Morgen werde ich die besagte Dame aufsuchen, ich halte sie auf dem laufenden."
Er schien gekränkt zu sein, dass konnte ich in seiner Stimmlage zu hören. Auch Benny schien zu denken ich habe überreagiert, denn er sieht mich Strafend an.
„Entschuldigen sie Bitte, Mr. Kingsley. Ich bin einfach nur ein bisschen gereizt," entschuldige ich mich bei ihm.
„Ralf, Ms. Smith, ich heiße Ralf," lächelt er mich an.
„Hannah! Oder Susan!"
Ralf sieht mich fragend an.
„Lange Geschichte... Wie heißt denn die Hostessendame?"
„Sie nennt sich Bambi..!"
Ralf verabschiedet sich, und ich bin immer noch keinen Schritt weiter.

„Bambi, was ist dass denn für ein bescheuerter Name?"
fragt mich Mia als Sam und ich ihr erzählen, was wir bereits herausgefunden haben.
„Ich bin mir sicher, das ist nicht ihr richtiger Name,"
wirft Sam ein und schäumt sich einen Cappuccino auf.
„Das denke ich mir, aber wenn ich mir einen Namen aussuchen

kann, dann so was wie Cheyenne oder Angel!"
„Cheyenne oder Angel?" kommt es synchron von Sam und mir.
Mia zuckt mit den Schultern,
„immer noch besser wie Bambi"
und schüttet sich Zucker in den Kaffee.
Bambi ist wie vom Erdboden verschluckt. Nach Ralf´s Recherchen, hat sie seit Hank´s Tod niemand mehr gesehen, daher ist er sich sicher,dass Bambi unsere gesuchte Blondine wäre. Die Hostessenfirma hält sich allerdings bedeckt,somit gelingt es ihm nicht ihren richtigen Namen und ihren Wohnort zu ermitteln.
„Jedenfalls nicht auf legalem Weg!" erkläre ich den beiden.
Beide sehen mich wie eingefroren an.
„Sagte er mir!"
„Was genau meinte er damit?" fragt Mia vorsichtig.
„Einbruch!" flüstere ich.
Sam zischt, Mia schüttelt den Kopf.
„Wenn Clark dass herausbekommt!"
„Wie sollen wir sonst ihre Adresse herausfinden?"
Meine Stimme klingt verzweifelt.
„Die Zeit läuft mir weg."
„Undercover?"
Sam sieht an die Wand und klopft mit dem Finger an die Kaffeetasse. Mia und ich sehen sie fragend an.
„Ja genau, Undercover! Wir gehen Undercover!"
Sie lacht uns an und ihre Augen leuchten.
„Sag mal spinnst du?" fragt Mia entsetzt,
„ihr wollt nicht ernsthaft als Hostessen in die Firma um an Bambi heran zu kommen?"
„Warum nicht?"
Mia sieht mich an,
„wirklich? Machst du da mit?"
Zaghaft nicke ich.
„Ein Versuch ist es wert!"

„Ohne Mich!!" protestiert Mia und verkreuzt die Arme.
„Ja ohne dich! Das hatte ich auch so gedacht."
„Warum? Bin ich euch nicht gut genug?"
streiten sich Mia und Sam.
„Du musst uns den Rücken frei halten,"
versuche ich Mia zu beruhigen.
„Den Rücken frei halten? Vor was?"
„Vor wem!" mischt sich Sam ein.
„Clark!" betone ich,
„er darf es nicht herausfinden!"
Mia´s Augen werden immer größer,
„und wenn wir uns nicht jeden Abend um äähh sagen wir,
21 Uhr bei dir melden, dann musst du Hilfe schicken!"
meint Sam weiter.
„Ja genau, dann aber nur dann rufst du Clark an und schickst
ihn zu uns!" stimme ich ihr zu.
Das Entsetzten steht in Mia´s Gesicht.
Sie steht auf und holt sich ein Glas Wein, trinkt es auf Ex und
setzt sich wieder.
„Also?" fragt sie Sam,
„wie wollt ihr da rein kommen?"
Sam lacht uns an,
„hat jemand eine Idee?"

Mir ist nicht wohl bei der Sache. Doch Sam hat Recht, das ist
der ideale Weg um etwas über Bambi herauszufinden.
An nächsten Tag sitzen wir bei Ralf in der Detektei und
erläutern ihm unseren Plan.
„Meine Damen, wissen sie denn worauf sie sich da einlassen
wollen?"
„Wir haben ausgiebig darüber diskutiert und wollen es wagen."
Wir wollen es? Denke ich,
Sam ist sich da so sicher.
Ralf sucht eine Akte aus dem Schrank.

„Es handelt sich hier um einen Escort-Service, Ms. James, das ist eine nette Umschreibung für Prostitution."
Sam macht *Wurg-Geräusche*
„Ja das weiß ich. Wir wollen ja nicht aktiv mit machen, nur im Hintergrund. Putzfrau oder so?"
„Nun gut, ich glaube nicht dass sie dort als Putzfrau hinein kommen können."
Wieder höre ich Wurg-Geräusche..
Wohl doch keine gute Idee
„Halten sie uns einfach den Rücken frei!"
„Ok wie sie wollen."
Ralf streckt uns eine Adresse entgegen.
Escort-Service Mistresses
„Dort werden sie fündig!"
sieht uns streng an,
„hoffe ich!"
Mit gemischten Gefühlen nehme ich die Adresse und gehe als erstes nach draußen.

„Habt ihr euch das wirklich gut überlegt?" fragt Mia uns als wir kurz vor dem gehen sind.
„Ich tue das für Lucas," flüstere ich und umarme sie.
Als wir die Tür zum Escort-Service öffnen, kommt uns ein süßlicher Geruch entgegen. Am Eingang steht ein ziemlich großer, kräftiger Mann mit Vollbart und Tattoo´s, der sich uns in den Weg stellt.
„Guten Tag," begrüßen wir ihn.
„Lady´s!? Kann ich euch helfen?"
„Ja, wir suchen Arbeit," sagt Sam zielbewusst.
Er begutachtet uns, fordert uns, mit den Händen auf, uns umzudrehen.
„Wartet hier," sagt er schließlich und geht einen Raum weiter.
„Mir wird gleich schlecht," flüstere ich Sam zu.
„Jetzt nicht aufgeben, Hannah," flüstert sie zurück.

„Nein ich meine der Geruch hier. Schlimmer wie in einer Parfümerie."
Sam fängt an zu lachen.
Der tätowierte Vollbart kommt mit einer ziemlich aufgetakelten Frau zurück, die uns ebenfalls mustert.
„Danke Boris," meint sie zum Vollbart und er lässt uns alleine.
„Hier entlang meine Damen," werden wir aufgefordert.
Sie führt uns ins innere des Komplexes. Neugierig sehen wir uns um. Überall stehen Blumensträuße mit kleinen Grußkarten.
Ah daher der Geruch
Rote Samtsofa´s stehen in der Ecke und ein überdurchschnittlich großer Spiegel hängt vor dem Treppensims.
„Bitte setzten."
Sie zeigt auf eines der Samtsofa´s und setzt sich selbst in dem Sessel.
„Wie heißt ihr?"
„Cinnamon und Peaches," gibt Sam zur Antwort.
Die Dame lächelt uns an,
„ich meine eure richtigen Namen!"
Sam lächelt zurück,
„Cheyenne und Angel."
Die Lady beugt sich zu uns,
„stehen diese Namen in eurem Ausweis?"
Mein Herz rast.
„Tja was soll ich sagen, unsere Mutter wusste wohl schon bei unserer Geburt was mal aus uns werden würde,"
spielt Sam eiskalt.
„Ihr seit also Schwestern?"
„Zwillinge!!"
Zwillinge?? jetzt übertreibt sie aber..
Die Lady lehnt sich wieder zurück und starrt uns an.
„Und wer ist wer?"
Sam zeigt erst auf sich selbst und dann auf mich.

„Cheyenne und Angel, Cinnamon und Peaches."
„Und warum wollt ihr als Hostessen arbeiten?"
Meine Hände werden ganz schwitzig und mein Puls rast.
„Wir brauchen Geld. Schnelles Geld!"
Sam wirkt emotionslos, professionell.
„Seit ihr in Schwierigkeiten?" fragt die Lady weiter.
Sam beugt sich zu ihr,
„nun ja Lady, meine Schwester ist sozusagen in Schwierigkeiten," flüstert sie.
„Sie ist, wie soll ich es sagen, Schwanger!"
„Schwanger?" ruft die Lady.
„Ja, wir brauchen das Geld für die Abtreibung."
„Und der Kindsvater?"
Sam lehnt sich wieder zurück.
„Sitzt im Knast wegen Totschlag."
Jetzt wird mir wirklich schlecht. Und dass nicht vom Geruch der Blumen.
Ich mache Würg-Geräusche.
„Schwangerschaftsübelkeit," höre ich Sam sagen, als ich in die Blumenvase kotze.
„Ok," meint die Lady,
„sie nicht, aber du kannst hier arbeiten."
„Prima!" freut sich Sam.
„Ich kann putzen oder Kaffee kochen?" frage ich nach.
„Ich will nicht dass meine Schwester alles alleine aufbringt."
Die Lady nickt, steht auf und zeigt Richtung Ausgang.
„Boris," ruft sie, er betritt den Raum.
„Diese Lady´s arbeiten ab morgen bei uns. Cinnamon Aktiv und Peaches am Telefon."
Boris nickt und lächelt uns zu.
„Zeige ihnen bitte alles!"
Sie dreht sich zu uns um,
„seit morgen um 10 Uhr pünktlich. Bringt nur das nötigste mit," fordert sie uns auf.

Wir nicken ebenfalls, und Boris bringt uns zur Tür.
Total erleichtert lasse ich mich ins Auto fallen.
„Das war aufregend!" klatscht Sam in die Hände.
„Angel und Peaches?" frage ich nach,
„Schwanger?"
„Was denn? Sie hat es doch geglaubt?" flötet Sam.
„Sind dir denn keine besseren Namen eingefallen?"
„Du hättest ja auch was sagen können!"
„Ja du hast ja recht, meinst du sie nimmt uns die Geschichte ab?" hake ich nach.
„Sicher! Du hast ja auch super reagiert, als du in den Blumentopf gekotzt hast," lacht sie.
„Das war echt," gebe ich zu.
Sam prustet los vor Lachen und startet den Motor.

Punkt Zehn Uhr stehen wir vor Boris in Vorraum des Escort-Service´s, einen kleinen Koffer im Schlepptau.
Als er uns in den Hauptraum führt, stehen auch schon die anderen Hostessen und die Lady bereit. Bereit uns zu mustern.
Wie auf einer Fleischfarm
„Mädchen, das sind Cinnamon und Peaches. Sie werden einige Zeit hier arbeiten."
Einige Zeit? Hoffentlich nicht so lange, ich habe noch 35 Tage.
„Cinnamon, Peaches, das sind Angie, Glitter, Piper und Tiffany," stellt sie uns alle vor.
„Und ich bin Madame Teresa!"
Wir schütteln fleißig ihre Hände, alle Mädchen haben ein gekünsteltes Lächeln aufgesetzt. Alle, außer Piper. Sie schaut aus als hätte sie geweint. Sam soll mit Tiffany die Verhaltensregeln durchgehen.
   -Wie **verhalte** ich mich beim Kunden-
Ich selbst werde mit Piper in ein Büro gebracht.
„Da du ständig Kotzen musst, ist es besser du wirst hier mit Piper am Telefon arbeiten. Sie wird dich einweisen."

Madame Teresa lässt uns alleine.
„Wir sind für die Terminvergabe zuständig," klärt sie mich auf.
Sie zeigt mir einen Organisier.
„Die Namen der Mädchen stehen hier. Ist ein Kunde an ihr interessiert, schlägst du auf und schaust nach ob sie an dem gewünschten Tag noch zur Verfügung steht."
Interessiert sehe ich ihr zu.
„Wenn nicht, schlägst du ein freies Mädchen vor, oder vom gewünschten den nächsten freien Termin."
Piper sieht mich an.
„Soweit Verstanden?"
„Ja denke schon!"
„Gut sonst noch fragen?"
Wo ist Bambi??
„Nein, die kommen bestimmt noch."
Piper nickt.
„Ich bin ja hier. Ach gaaanz wichtig..."
Sie legt mir ein Blatt mit Namen von Kunden auf den Tisch.
„Einprägen! Auswendig lernen!"
Ich lese das Schreiben durch.

Keine Mädchen vermitteln an folgende Kunden:
Andrew Matters
John Ritter
Brian Cooper
~~Hank Jacobs~~

Hank Jacobs? Sein Name war durchgestrichen...!!

„Diese Männer haben bei uns Hausverbot!"
betont Piper.

„Wieso ist Hank Jacobs durchgestrichen? Hat er wieder eine Erlaubnis?" stelle ich mich unwissend.
„Nein," wird Piper laut.
Sie senkt den Kopf und dämmt die Stimme,
„er ist Tod."
„Tod? Hast du wegen ihm geweint?" frage ich vorsichtig.
Sie sieht mich verblüfft an.
„Ich habe eine gute Beobachtungsgabe," erkläre ich.
„Hank war ein Arsch. Keine von uns wollte zu ihm. Er hat uns immer Weh getan."
Das glaube ich sofort
Piper schaut als würde sie gleich wieder los heulen. Ich streiche ihr über die Schultern.
„Trotzdem scheint dich sein Tod mitzunehmen?"
Sie nickt und eine Träne läuft über ihre Wange.
„Willst du darüber reden?" wage ich mich nach vorne.
„Nein! Wir dürfen nicht darüber reden."
Das wäre auch zu leicht gewesen
Piper ist Brünette.
Sie ist also nicht die gesuchte Blondine. Ich bin mir aber sicher dass sie etwas über Hank´s Tod weiß.
Sie setzt sich an den Tisch und notiert sich einen Termin.
„Cinnamon, nennt sie sich, richtig?"
Ich nicke und schaue ihr über die Schulter.
Piper richtet Sam einen OrganicerPlatz ein.
„Wir werden sie erst mal im Hintergrund halten, aber wenn sie schon Kontakte hat, dann muss sie ihn hier anmelden!"
Im Hintergrund, Gut.
„Hat sie einen Freund? Dann darf sie ihn nie hier herein lassen; wenn er bei einem Termin auftaucht und Ärger macht, wird sie gefeuert."
Piper fuchtelt mit einem Stift vor meinem Gesicht.
„Äh, ich glaube sie hat keinen Stammkunden, aber einen Typen. Sie soll sich jeden Abend bei ihn melden, damit er weiß

ihr geht es gut."
Sie sieht mich misstrauisch an.
„Naja es gibt noch mehr Hank´s auf dieser Welt."
Piper nickt,
„denke das geht klar."
Puh das war knapp..
„Und was ist mit dir" fragt sie beiläufig.
„Das Baby? Kunde oder Typ?"
„Bitte?"
„Bist du von einem Kunde schwanger, oder hast du ein Freund?" hakt sie nach und zeigt auf meinen Bauch.
„Oh,"
reflexartig halte ich mir den Bauch.
„Ich habe einen Freund"
„Und was hält er von der Arbeit die du machst?"
„Er hasst sie!"
Piper lacht.
„Das tun sie alle."

Es ist Mittag und wir treffen uns zum Essen.
„Angie ich habe dir für heute einen Termin rein, 20 Uhr, Hotel Santos, Zimmer 553, Anton Ro..."
„Romanov," unterbricht Angie, Piper.
„Ich weiß, er trifft mich immer im Hotel Santo´s."
Ich setze mich neben Sam.
„Hi wie war´s für dich bis jetzt?"
„Pfff, das ist echt harte Arbeit, sag ich dir. Nicht einfach nur Sex. Was da alles zu beachten ist, der Hammer,"
flüstert sie mir zu.
„Ich habe etwas herausgefunden," flüsterr ich zurück.
„Jetzt nicht!" nuschelt sie.
Ich habe keine Möglichkeit mit Sam frei und ungestört zu reden. Sam und Madame Teresa beobachten uns Aufmerksam.
Am Abend werden wir auf unser Zimmer gebracht.

Es ist klein. Am Ende der Wand steht ein Doppelbett, daneben ein Kleiderschrank. Auf der Fensterseite eine Spiegelkommode und ein kleiner Tisch. Es ist in Weiß gehalten. Wirkt auf mich eher wie ein Krankenhauszimmer.
„Das Bad ist am Ende des Flures," erklärt Boris.
„Wenn ihr noch was braucht, ich sitze unten!"
Dann lässt er uns alleine.
Ich sehe mich um, Schaue unter den Tisch, in die Kommode, hinter den Spiegel und in den Schrank.
„Suchst du was?" fragt Sam verwirrt.
„Nein ich sehe mich nur um," quietsche ich.
Sie zieht die Augenbrauen nach oben. Ich laufe auf sie zu und umarme sie.
„Ich suche Wanzen," flüstere ich ihr ins Ohr.
„Glaubst du sie hören uns ab?"
Nickend suche ich weiter.
Natürlich habe ich nichts gefunden, doch um ganz sicher zu gehen, würden wir auch hier nicht offen reden. Statt dessen schreibe wir uns Briefe, nach dem wir so getan haben als hätten wir uns schlafen gelegt.

- Ich bin mir sicher, Piper weiß etwas! -
- Weiß sie wo Bambi ist? -
- sie weiß auf jeden Fall etwas über Hank´s Tod -
- Bleib an ihr dran -
- Sei du vorsichtig, falls du noch zu einem Kunden mußt -
- erst in einer Woche, das ist hier so üblich -

Danach legen wir die Briefe in eine Schale und zünden sie an.

Es klopft an der Tür. Ich schrecke auf. Für den Bruchteil einer Sekunde vergaß ich wo ich mich befinde. Völlig verschlafen öffne ich die Tür.
„Madame Teresa!"
„Ihr wart nicht beim Frühstück!"
Erschrocken sehe ich auf die Uhr.
Es ist bereits 10 Uhr.
Sam sitzt auf dem Bett.
„Mist der Wecker ist aus."
„Ich belasse es bei der einen Höflichkeit, das nächste mal bin ich nicht so nett."
Madame Teresa stolziert den Flur entlang und Piper steht am Türrahmen.
„Sie hasst Unpünktlichkeit."
Hastig ziehen wir uns an und umarmen uns bevor sich unsere Wege trennen.
Seit 45 Minuten sitzen Piper und ich schweigend im Büro und lesen Zeitschrift.
„Was macht ihr, wenn den ganzen Tag keine Termine anstehen?" frage ich um ein Gespräch einzuleiten.
„Da haben wir Frei und können tun und lassen was wir wollen, wir müssen aber abrufbereit sein."
Sie schlägt die Zeitschrift zu und sieht mich an.
„Außer wir, wir sollen am Telefon bleiben."
Ich lächle zaghaft.
„Na wenigstens müssen wir nicht zu Kunden!"
„Ja! Nicht mehr," lacht sie zurück.
„Wieso nicht mehr, musstest du früher auch aktiv arbeiten?"
„Ja! Wir teilten uns abwechselnd den Telefondienst."
Meine Neugierde steigt.
„Was hat sich geändert? Warum machst du jetzt den Dienst?"
Piper Blick wird traurig.
„Seit dem Vorfall, bin ich panisch bei Besuchen.
Ich habe vorerst Pause!"

Vorfall?
„Was ist passiert?"
Piper schüttelt den Kopf,
„Wir dürfen nicht darüber reden!"
„Hat es was mit Hank´s Tod zu tun?"
Sie sieht mich erschrocken an.
Ihre Augen füllen sich mit Tränen.
„Wo ist Bambi?"
Ich weiß ich hätte ihr diese Frage nicht stellen dürfen, aber die Zeit läuft.
Piper´s Blick fällt auf die Tür.
Sie steht auf und vergewissert sich dass sie geschlossen ist.
„Wer bist du? Und warum seit ihr hier? Woher kennst du Bambi?"
„Wer ich bin spielt erst mal keine Rolle. Wir suchen Bambi, weil sie beweisen kann, dass Hank nicht von seinem Stiefsohn getötet wurde."
Piper seufzt,
„Ich dachte mir schon, dass ihr nicht die seit für die ihr euch ausgebt. Ihr seit zu sauber für Hostessen."
„Was weist du über seinen Tod?"
„Ich habe ihn gesehen!"
Meine Augen weiten sich. Mein Atem stockt.
„Bist du Bambi?" flüstere ich.
„Nein! Aber ich war dabei, ich und Bambi.
Madame Teresa weiß aber nicht, dass ich auch dort war. Sie dachte ich war die ganze Zeit im Hotel."
„Was genau ist passiert?"
„Nicht hier! Ich erzähle es dir, aber nicht hier!"
Sie setzt sich wieder an den Tisch und liest weiter die Zeitschrift als hätte das Gespräch nie stattgefunden.
„Weist du wer es war?" frage ich weiter!
Piper nickt.
„War es Lucas?" tränen steigen in mir auf.

„Lucas ? Wer ist Lucas"
„Er sitzt wegen Mordes an Hank im Gefängnis!"
erkläre ich ihr.
„Oh verstehe, der Junge aus der Bar!"
„War er es?"
Jetzt laufen die Tränen über mein Gesicht.
Piper reicht mir Taschentücher.
„Nein!"
Erleichtert putze ich mir die Nase.
„Du musst vor Gericht für ihn aussagen!"
„Nein!!" schreit sie,
„dann erfährt Madame Teresa dass ich dort war und muss wie Bambi...."
Sie stockt,
„nicht hier, nicht jetzt!"
und liest erneut in ihrer Zeitschrift.
„Lucas wird verurteilt!" flehe ich sie an.
Doch Piper ignoriert mich.
Heulend renne ich mein Zimmer, packe meine Tasche und suche Sam.
Sie sitzt mit Tiffany vor den Kundenlisten und studiert die Vorlieben.
„Süße, was ist?"
„Gehen wir, bitte!"
„Wohin?"
„Nach Hause! Abbruch!" flüstere ich.
Madame Teresa betritt den Raum.
„Was geht hier vor?"
Ich zucke zusammen.
„Peaches hat beschlossen das Baby zu behalten und möchte nach Hause."
„So einfach geht das nicht, Lady´s!"
Ich wusste es.
„Was wollen sie?" fragt Sam und stellt sich schützend vor

mich.
„1000 Dollar!" grinst sie uns an.
„Das Zimmer ist teuer!"
„Das ist Wucher!" protestiert Sam.
„Ihr könnt auch gerne mit Boris darüber diskutieren!"
Boris prustet sich vor uns auf. Im Augenwinkel sehe ich Piper die nervös den Kopf schüttelt.
„Schon gut, schon gut, sie bekommen das Geld,"
versuche ich die Situation zu beruhigen.
„Ich muss nur jemand anrufen."
Madame Teresa erlaubt mir einen Anruf.
„Hallo Clark, keine Fragen, bringe mir bitte 1000 Dollar an die Adresse die dir Mia gibt. Ich sagte keine Fragen!"

Es dauerte etwa eine halbe Stunde bis Clark vor uns stand.
Ohne Worte gab er Madame Teresa das Geld und sie ließ uns gehen.
Er sprach kein Wort als er uns nach Hause fuhr.
„Clark ich kann es dir erklären," versuche ich ihn zum reden zu bringen.
Wir sitzen in meiner Wohnung und Mia kocht Kaffee.
„Was habt ihr euch eigentlich dabei gedacht?"
schreit er mich wütend an.
„Ich wollte doch nur...."
„Du wolltest, du wolltest!" brüllte er.
„Hannah das war total lebensmüde!"
Mia stellte uns eine Tasse auf den Tisch.
„Und du?" sieht er sie an,
„du wusstest davon? Und hast mich angelogen!"
Zaghaft nickte sie.
„Im Spa! Abschalten! Sich Ablenken,"
flucht Clark vor sich hin.
„Mann war ich blöd, ich habe es dir geglaubt!"
„Jetzt beruhige dich doch erst mal. Es war ja nicht umsonst!"

versucht Sam ihn zu beruhigen.
„Was habt ihr denn herausgefunden?"
Mia platzt vor Neugierde.
Nachdem ich allen erzählt habe, was ich wusste, war ich mir sicher wir könnten Lucas helfen.
„Ist das alles?" fragte Clark.
„Wieso alles? Piper weiß wer Hank getötet hat, sie hat es gesehen, hast du mir nicht zugehört?"
„Aber sie hat Angst! Von daher wird sie nicht aussagen!" nimmt mir Clark meine Hoffnung.
„Und da sie dir nicht gesagt hat, wer es war, kann ich nicht gegen ihn ermitteln."
„Dann müssen wir Piper nochmal fragen,"
Sam klingt zuversichtlich.
„Und wie?" frage ich in der Hoffnung sie hätte eine Idee.
Doch sie zuckt die Schultern,
„wir können ja schlecht wieder hinein spazieren!"
„Wir müssten mit Piper reden, ohne dass sie Angst hat, Madame Teresa würde sie belauschen können," schlage ich vor.
„Und wie wollt ihr das anstellen?"
Clark klingt genervt, er sitzt nach hinten gelehnt am Küchentisch und trommelt mit dem Löffel auf der Tischkante herum. Seine Haltung erinnert mich an Lucas, als er das erste mal alleine in meinem Büro war, als ich noch in der *Abstellkammer* saß.
„Ihr könntet Piper buchen! Und wenn sie kommt in Ruhe mit ihr reden!"
Alle sehen Mia überrascht an. Diese Idee hätten wir nicht von ihr erwartet.
„Es muss natürlich ein Mann anrufen, eine Frau fällt auf," ergänzt sie.
Unsere Blicke fallen auf Clark.
„Was? Oh nein. Ich bin Polizist. Ich kann mir keine Nutte buchen."

„Du hast ja keinen Sex mit ihr,"
Sam beugt sich zu ihm nach vorne,
„du redest doch nur!"
„Trotzdem bleibt sie eine Nutte!"
„Hostess," werfe ich ein und ernte einen bösen Blick.
„Dann ruf nur an und wenn sie kommt bist du nicht anwesend," schlage ich vor.
Erneut ernte ich einen bösen Blick.
„Bitte Clark?" flehe ich ihn an.
Seine Augen schließen sich und er atmet tief durch.
„Tu es für Lucas!" flehe ich weiter.
Keine Reaktion.
„Tu es für mich," flüstert Mia.
Clark sieht sie an.
„Bitte tu mir den Gefallen."
Er steht auf, küsst Mia auf den Mund und verlässt die Wohnung.
„Also zwei Fragen," höre ich Sam sagen.
Immer noch sehe ich Clark mit offenem Mund nach.
„Erstens, heißt das ja? Und Zweitens. WAS war das?"
Mia´s Gesichtsfarbe ändert sich schlagartig ins Rote.
„Wir waren doch nur Zwei Tage weg! Wie lange läuft dass schon zwischen euch?" frage ich immer noch total überrascht.
Schweigend, grinsend, schlürft sie ihren Kaffee.

Zwei Tage später sitzen wir im Hotel Santo´s.
Da Clark es nicht tun wollte, habe ich Benny um Hilfe gebeten.
Er gab sich als reicher Geschäftsmann aus, der vor Monaten schon mal Piper´s Kunde war, und bot 5000 Dollar wenn er sie wieder haben könne..
Dass Madame Teresa, Piper bei dieser Summe aus ihrer Auszeit holen würde, war uns klar.
„Also Benny sie ist bald da. Du öffnest die Tür, damit Boris keinen Verdacht schöpft, und wenn alles klar ist, holst uns aus

dem Badezimmer," dirigiert Sam.
Benny nickt aufmerksam.
„Wie sehe ich aus?"
Ich muss schmunzeln. Er trägt einen hellblauen Nadelstreifen Anzug, dazu ein hellrosa Hemd und eine schwarze Krawatte. Seine Haare sind ordentlich nach hinten gekämmt.
„Du siehst aus als hättest du ein Date."
„Ein teures Date, ein 5000 Dollar Date," brummt Benny.
„Ich sagte doch es muss echt aussehen. Wenn Piper ohne Geld nach Hause kommt, schöpft Teresa Verdacht."
„Ja ja Ich Habe verstanden."
„Du bekommst es wieder Benny," verspreche ich ihm und nehme ihn in den Arm.
Es klopft, hastig verstecken wir uns im Bad und Benny öffnet.
„Hallo Mr. Fox, ich bin Piper."
Durch den Türspalt beobachte ich die beiden.
„Danke Boris, ich rufe an wenn wir fertig sind."
Sie schließt die Tür und dreht sich zu Benny um.
„Hatten wir wirklich schon mal das Vergnügen? Entschuldige bitte aber ich kann mich nicht an dich erinnern."
„Erinnerst du dich an Peaches?" höre ich Benny fragen.
„Was soll das??"
Sam schuppst mich aus dem Badezimmer und ich stolpere ins Hauptzimmer.
„Hallo Piper."
„Oh nein! Das gibt Ärger. Wenn Madame Teresa das herausbekommt dann bin ich Tod."
Bevor Piper aus dem Zimmer stürmen kann, stellt Sam sich ihr in den Weg.
„Cinnamon, Bitte!!"
„Hier,"
Sam hält ihr das Geld unter die Nase,
„damit sie nichts merkt."
Piper sieht mich erstaunt an.

„Du erzählst uns was wir wissen wollen,nimmst das Geld, sagst Boris es war wie immer und keiner merkt etwas," schlage ich ihr vor.
„Na los, nimm schon," stupst Sam, Piper an.
Zaghaft nimmt sie das Geld und steckt es in ihre Tasche.
„Was wollt ihr wissen?"
Ich hole ein Foto von Lucas und mir und zeige es Piper.
„Das ist Lucas, mein Freund!"
Sie sieht es aufmerksam an.
„Er sitzt zur Zeit im Gefängnis und wartet auf seine Verurteilung."
Piper sieht mich mitleidig an,
„wegen was?"
„Wegen Totschlag an Hank Jacobs."
„Er ist dein Freund?"
Ich nicke, Piper starrt auf das Foto.
„Kein Wunder liegt dir so viel daran."
„Sagst du uns was genau passiert ist," frage ich vorsichtig.
Sie setzt sich auf das Bett und Sam bringt ihr eine Cola.
Zitternd fängt sie an zu erzählen.
„Hank durfte niemand mehr buchen, weil er gesperrt war. Also rief ein Kumpel an und buchte mich und Bambi. Sie haben Boris auf die gleiche Art verarscht wie ihr. Nur dass er nicht unten gewartet hat, das macht er erst seit dem Vorfall. Früher setzte er uns ab und holte uns nach Anruf wieder. Als Bambi merkte das es sich um Hank handelte, war Boris schon weg."
Piper zittert immer heftiger. Ich setzte mich neben sie und streiche ihr über den Rücken.
„Schon Gut, lass dir Zeit."
„Das er uns weh getan hat, habe ich ja schon mal erzählt. Er hat uns gerne geschlagen und an den Haaren gepackt."
Sie fängt an zu weinen. Jetzt setzt sich auch Sam neben sie und versucht zu trösten.
„SchSchSch, schon gut."

„Etwa gegen Zehn Uhr klingelte Hank´s Handy. Er lächelte als er telefonierte.
- so wie das letzte mal, Hosenscheißer?- hörte ich ihn sagen.
Nach dem Auflegen erzählte er Larry was Lucas wollte und beide beschlossen ihm wieder eine Lektion zu erteilen."
Piper schnäuzt sich die Nase leer und trinkt die Cola.
Sie knubbelt mit dem Taschentuch und erzählt weiter.
„Wir sollten warten! Nach einer Stunde wollte Bambi aber gehen. Wir riefen Boris an, er solle uns abholen. Gerade als wir die Tür öffneten stand Larry vor uns und schuckte uns zurück. Wir wehrten uns und Bambi schlug Larry eine Lampe auf den Kopf."
Wieder stoppt Piper und schnäuzt sich die Nase. Benny sitzt auf dem Stuhl und schüttelt seinen Kopf.
„Furchtbar diese Männer!"
„Was ist dann passiert?" fordert Sam auf weiter zu erzählen.
„Wir rannten nach draußen und versteckten uns hinter einem Auto als wir Hank und deinen Freund sahen, wie sie sich prügelten. Hank drückte ihn gegen eine Wand und schlug ihm in den Bauch."
Ich halte mir die Hand vor den Mund und unterdrücke meine Tränen.
„Er wehrte sich heftig. Doch Bambi war der Meinung sie müsse einschreiten. Sie sagte ich solle warten und rannte nach vorne. -Hank hör auf- schrie sie ihn an. Er hörte auf und Lucas fiel zu Boden. Bambi beugte sich über ihn um nach ihm zu sehen.
Hank zog sie an den Haaren und schlug ihr ins Gesicht. Sie fiel ebenfalls zu Boden. Hank lachte. Dein Lucas stand auf, half Bambi hoch und drehte sich weg.
-Du bist es nicht wert, Hank- sagte er und lief davon. Voller Frust schlug Hank auf Bambi ein. Beschimpfte sie als dreckige Hure, ich dachte er bringt sie um."
Piper zittert mittlerweile an ganzen Körper.

Ich bringe ihr ein Glas Wasser.
„Hat Bambi Hank getötet?"
„Oh nein," meint Piper,
„es war Boris!"
Wir schauen sie überrascht an.
„Er parkte genau in dem Moment das Auto als Bambi ihn anflehte aufzuhören. Boris stand auf und rannte dazwischen. Hank ließ sich dass nicht gefallen und wollte sich mit ihm prügeln, als Boris einen Holzblock nahm und auf ihn einschlug.
Als Hank Regungslos am Boden lag, befahl er Bambi mich zu holen. Ich schlich mich zum Hoteleingang und tat so als hätte ich hier die ganze Zeit gewartet."
Sie sieht uns Erwartungsvoll an.
„Wo ist Bambi jetzt?" frage ich nach.
„Sie haben sie in eine Klinik gebracht. Angeblich hatte sie versucht Selbstmord zu verüben, aber ich weiß Madame Teresa hat sie weg gesperrt, damit sie nicht aussagen kann, Boris habe Hank getötet."
Piper starrt auf den Boden.
Sam und ich sehen uns schweigend an.
„Du musst das dem Anwalt oder der Polizei erzählen, Ms. Piper," unterbricht Benny das schweigen.
Sie schüttelt den Kopf,
„ich kann nicht, sie sorgen sonst dafür dass ich nie wieder etwas sagen kann."
Ich drücke Piper und fühle mich etwas besser.
Endlich kenne ich den Mörder!!

Kapitel 10
Die Verhandlung

Tag 1 der Verhandlung

Ich sitze im Gerichtsgebäude, Sam und Mia begleiten mich. Lucas' Anwalt ist gerade eingetroffen. Er sieht angespannt aus. Piper ist ebenfalls untergetaucht. Die Polizei hatte Madame Teresa's Escort-Service unter die Lupe genommen.
Doch ohne Piper's oder Bambi's Aussage können sie Boris nichts nachweisen und er wurde wieder frei gelassen.
Wir haben Bambi aufgespürt, doch sie redet kein Wort, sitzt nur auf dem Bett und starrt ins Leere.
Die Jury wird hinein geführt, ich beobachte alles. In mir ist es Tod. Habe die Hoffnung aufgegeben. Der Staatsanwalt scherzt, richtet die Anklage zurecht.
Lucas wird in den Saal geführt, seine Haut ist blass, sein Blick betrübt. Mein Herz rast. Ich spüre seine Angst vielleicht ist es auch meine Angst. Ich habe Angst, Angst dass ich Lucas heute das letzte Mal sehe, Angst das er schuldig gesprochen wird.
Wir müssen aufstehen. Der Richter betritt den Raum und geht zu seinem Richterplatz. Nachdem er uns begrüßt, setzten sich alle bis auf den Staatsanwalt, Lucas und sein Anwalt wieder.
Der Richter ließt die Anklageschrift vor,
„Mr. Lucas Summers,
sie werden das Totschlages an Hank Jacobs angeklagt. Wie plädieren sie?"
„Nicht schuldig, euer Ehren," höre ich Lucas sagen. Seine Stimme klingt rau, traurig und ausgelaugt. Ich habe sie so lange nicht mehr gehört, dennoch hört es sich nicht wie seine Stimme an.
Verschiedene Zeugen werden, der Reihenfolge nach, aufgerufen, keine sagt zu Gunsten für Lucas aus.

Ich bekomme Panik.
„Haben sie denn gesehen wie mein Mandant Mr. Jacobs erschlagen hat?" nimmt sein Anwalt jeden ins Kreuzverhör.
Zum 5. Mal höre ich diese Frage schon. Zum 5. Mal versucht sich ein Zeuge raus zureden.
„Ich hörte wie er ihn bedrohte.."
„Antworten sie bitte auf meine Frage!"
„Nein habe ich nicht!"
„Ok, vielen Dank!"
Es sind alles Zeugen der Staatsanwaltschaft. Piper und Bambi sind unser einzige Rettung.
„Euer Ehren, ich bitte nochmal um einen Tag Aufschub um meine Zeugin zu finden!" bittet unser Anwalt.
„Ich habe ihnen bereits 150 Tage gewährt!"
„Ja, wir haben eine Zeugin in einer Klinik, deren Zustand ist aber noch nicht Stabil genug um, um zur Aussage zur erscheinen, und unsere Zweite Zeugin ist nicht zum Termin erschienen. Einer meiner Mitarbeiter ist auf dem Weg zu ihr."
Er tritt an den Richterpult und legt ein Schreiben vor.
„Hier ein Gutachten des Arztes."
Aufmerksam beobachte ich den Richter. Nervös drücke ich Sam und Mia's Hände.
„Ok, ich gebe ihnen 48 Stunden. Wir sehen uns dann in 48 Stunden wieder."
Er klopft mit seinem Hammer und verlässt den Raum.
„Was heißt das jetzt?" frage ich Sam. Sie zuckt mit den Schultern.
„Das wir weitere 48 Stunden haben um Piper zu finden!" beantwortet Mia meine Frage.
Ich beobachte Lucas, sein Blick fällt auf mich als er hinausgeführt wird. Ein kurzer Blick, ein Blick der Hoffnung.

Durch die Razzia im Escort-Service hatte die Polizei, Piper's richtigen Namen, herausgefunden. Victoria Brown.

Sie versteckte sich bei ihrer Mutter.
Piper taucht direkt nach unserem Gespräch unter. Geld dafür hatte sie ja erst mal. Als die Polizei jedoch bei ihrer Mom ankam, konnte sie fliehen und entwischte den Polizisten.
„Ich hätte sie abholen sollen..." beschwerte ich mich bei Clark.
„Wenn sie nicht aussagen will, dann kannst du auch nichts ändern!" verteidigte sich Clark.
Der Verhandlungssaal ist leer, ich sitze immer noch.
Mia und Sam neben mir.
Sam streicht mir über den Rücken,
„wollen wir gehen?"
Ich wollte nicht gehen. Ich will erst gehen wenn ich Lucas mitnehmen kann.
„Hannah, du kannst nicht hier bleiben."
Clark betritt den Raum im mich zu holen.
„Komm wir gehen was essen."
Er nimmt meine Hand und führt mich nach draußen.
Ich habe keinen Hunger. Wieder habe ich seit Tagen nichts gegessen.
„Du musst was essen," fordert Mia mich auf und stellt mir einen Salatteller hin.
Ich sehe mich um. Hier sind alle so fröhlich, Überall wird gelacht und gescherzt. Mir ist überhaupt nicht nach Lachen zu mute.
„Wenn du noch weiter abnimmst, dann meint Lucas womöglich noch er spielt mit einem Skelett," scherzt Sam.
Toll sie lässt sich von der guten Laune hier anstecken.
Ohne Reaktion esse ich eine Gabel Salat.
„Guut, jetzt noch ein Stück Brot," versucht sie mich zu füttern.
Zaghaft beiße ich ein Stück ab und schaue Sam böse an.
„Fährst du mich zu Bambi?" frage ich Clark nach einer Weile.
„Ich würde sie gerne besuchen."
Clark sieht mich mit vollen Backen an, legt seinen Burger auf den Teller und kaut hastig und nickt dabei.

Bambi´s richtiger Name lautet Sofia Fisher, die Polizei holte sie aus der Anstalt, in die sie Madame Teresa steckte und brachten sie in eine normale Klinik mit psychologischer Betreuung. Wie immer sitzt sie in ihrem Stuhl und starrt aus dem Fenster. Langsam näher ich mich ihr. Knie mich vor sie und halte ihre Hände fest.
„Sofia, hörst du mich?"
Sie zuckt als ich ihren Namen nenne.
„Ich bin Hannah, ich habe dich aus der Anstalt holen lassen."
Sofia sieht mich an und lächelt zaghaft.
Sie reagiert, freue ich mich und lächle Clark an.
„Ich weiß was passiert ist! Damals in der Nacht mit Hank."
Ihr Lächeln erlischt wieder und sie starrt erneut aus dem Fenster.
„Piper hat er mir erzählt," versuche ich es weiter.
„Sie ist untergetaucht. Weg von Madame Teresa, hörst du?"
Keine Reaktion.
„Du musst mir helfen und aussagen was Boris getan hat, dann werdet ihr in Sicherheit sein."
Immer noch keine Reaktion.
„Hörst du Sofia?"
Sie reißt ihre Hände aus meinen.
„Gut, ich gehe. Überlege es dir. Ich komme morgen wieder."
Ich streiche ihr über die Haare und küsse ihre Stirn. Sie schließt dabei ihre Augen. Ich erkenne Tränen die über das Gesicht laufen.
Am nächsten Morgen stehe ich erneut in Bambi´s / Sofia´s Zimmer. Doch diesmal sitzt sie nicht in ihrem Stuhl. Sie ist nicht auf dem Zimmer. Clark stürmt herein und sieht mich panisch an.
„Hannah, sie ist weg!"
„Sie ist was?"
Panik steigt in mir auf, ich hyperventiliere.
„Sie ist heute Nacht abgehauen!"

Ich lasse mich auf den Boden fallen, Clark versucht mich zu stützen.
„Wir finden sie Hannah. Sie suchen schon nach ihr."

Tag 2 der Verhandlung

Der Richter bestellt Staatsanwalt und Verteidigung ins Richterzimmer.
„So Hr. Anwalt, wie ich sehe sind ihre Zeuginnen immer noch nicht erschienen."
„Ja, euer Ehren. Ms. Fisher ist aus der Klinik geflohen, sie hat Angst euer Ehren."
„So langsam glaube ich es gibt gar keine Zeugin, sie wollen nur Zeit schinden, Hr. Kollege," ist sich der Staatsanwalt sicher.
„Ich habe es nicht nötig Zeit zu schinden, werter Staatsanwalt."
„Dennoch beantragen sie eine erneute Aufschiebung," stimmt der Richter dem Staatsanwalt zu.
„Euer Ehren ich habe..."
„Sie hatten 150 Tage Zeit die Zeugin zu finden, ich gab ihnen nochmal 48 Stunden sie zu einer Aussage zu bewegen," unterbricht ihn der Richter.
„Euer Ehren, Ms. Fisher hat Angst," versucht er den Richter zu besänftigen.
„Ich habe einen Mr. Fox vorgeladen. Er wird bestätigen, bei der Aussage von unserer zweiten Zeugin, Ms. Brown anwesend gewesen zu sein."
Der Staatsanwalt wühlt in seinen Akten.
„Diese Aussage wurde polizeilich festgehalten??"
„Nein es war ein privates Treffen," muss der Anwalt zugeben.
Der Richter atmet schwer.
„Gut, Mr. Mardi, ich höre mir ihren Zeugen an und entscheide danach."

Wieder sitze ich im Verhandlungsraum. Wieder pocht mein Herz als Lucas herein geführt wird. Wieder wirkt sein Blick abwesend.
Der Richter betritt die Verhandlung.
„Mr. Mardi, da sie ihre Zeuginnen heute wieder nicht vorgeladen haben, wollen wir wie folgt fortfahren?"
„Ich rufe Mr. Fox in den Zeugenstand."
Benny steht auf und zwinkert mir zu. Er versucht seine Nervosität zu verstecken.
„Erzählen sie dem Gericht bitte, was sie mir erzählt haben," wird er aufgefordert.
Benny erzählt wie Sam und ich Undercover in den Escort-Service gingen. Erzählt was wir herausgefunden hatten und worum wir ihn baten.
Ich beobachte dabei Lucas´ Reaktion. Er wippt nervös mit dem Bein und lässt seine Finger knacksen, jeden Finger einzeln.
Er ist Sauer!!
Benny erzählt, was Piper uns erzählte.
„Danach ging sie wieder und wir beschlossen zur Polizei zu gehen."
„Danke Mr. Fox, keine weiteren Fragen!"
Der Staatsanwalt steht auf und nimmt Benny ins Kreuzverhör.
„Mr. Fox, sie erzählten gerade, sie haben Ms. Brown, Piper wie sie sie nennen, 5000 Dollar gezahlt, damit sie eine Aussage macht?"
„Nein das habe ich nicht gesagt!"
„Aber sie sagten doch sie gaben ihr 5000 Dollar?"
„Ja. Dafür dass sie erscheint."
„Erscheint, Mhh. Und warum sollte sie erscheinen?"
„Damit sie uns erzählen kann was passiert ist!"
Benny sieht mich an.
„Und hätte sie dass auch ohne die 5000 Dollar erzählt?" fuhr die Staatsanwaltschaft fort.
„Ja!"

„Mr. Fox, sie erzählten doch, dass Ms. Brown wieder gehen wollte, als sie bemerkte, das dies eine Falle war?"
„Ja!"
„Und warum blieb sie doch?"
Mein Blick fällt auf Clark, ich wusste was er dachte, weil ich dachte es auch.
„Weil Ms. James ihr die 5000 Dollar gab," fuhr Benny fort und sieht uns mitleidig an.
Er wusste bereits ebenfalls worauf der Staatsanwalt hinaus wollte.
„Also erzählte sie was passierte, weil sie die 5000 Dollar bekam?"
„Sie bekam die 5000 Dollar weil," versuchte Benny die Sache zu glätten.
„Bitte beantworten sie die Frage, Mr. Fox," wurde er unterbrochen.
„Ja," gab er kleinlaut zu.
„Also das hört sich für mich wie eine gekaufte Aussage an," grinst der Staatsanwalt.
Ich wusste es
„Einspruch," ruft unser Anwalt.
„Keine weiteren Fragen," kam von der Anklage bevor der Richter etwas sagen konnte.
Der Richter notiert sich etwas und unterbricht die Verhandlung.
„Ich werde Ms. Brown und Ms. Fisher vorladen lassen. Sollten sie bis Mittwoch nicht anwesend sein, werde ich keinen Aufschub mehr dulden."
Er schlug mit dem Hammer auf den Pult und ging wieder.
Mittwoch denke ich
das sind weitere 2 Tage..
Diesmal sieht mich Lucas nicht an als er gehen muss.
Diesmal sieht er starr gerade aus als er an mir vorbei läuft.

Ich sitze im Auto vor dem Haus, von Piper´s Mom. Sie arbeitet im Garten. Ich schnalle mich ab und steige aus. Laufe auf sie zu.
„Mrs. Brown" spreche ich sie an.
„Ich bin Hannah, eine Freundin von Pi.. Victoria."
Ihr Blick ist finster. Pflanzt weiter die Blumen ein.
„Sie sind auch eines der Mädchen..!"
„Nein, Mrs. Brown. Aber ich habe sie in der Agentur kennengelernt."
„So? Und was wollen sie von Vicky?"
Ich knie mich neben sie und berühre ihre Hand.
„Ich will ihr helfen!"
Mrs. Brown hört auf zu arbeiten und sieht mich hilfesuchend an.
„Ich gab ihr die 5000 Dollar."
„Du bist Peaches!?"
„Ja, Mrs. Brown."
Sie nickt und steht auf.
„Sie wird nicht zur Polizei gehen."
Ich stehe ebenfalls auf und gebe ihr meine Visitenkarte.
„Sozialarbeiterin?" fragt sie mich erstaunt.
„Ja, Mrs. Brown, sagen sie Victoria bitte ich werde mich um sie kümmern, wenn sie aussagen kommt."
Sie kam nicht!!

Tag 3 der Verhandlung

Es sieht schlecht aus. Keine Zeugen die für Lucas aussagen, keine Hoffnung auf Freispruch.
Ich habe alles versucht. Trotzdem fühle ich mich, als hätte ich Lucas im Stich gelassen. Er will mich nicht sehen, lehnt jeden Besucher ab. Lucas Anwalt setzt alles auf eine Karte und hat Boris vorgeladen.
„Wenn das nicht nach hinten Los geht."

Clark befürchtet schlimmes.
Die Verhandlung beginnt und Boris wird aufgerufen.
„Ihr vollständiger Name bitte," wird er aufgefordert.
„Boris, Olaf, Lewingston," antwortet er.
„Mr. Lewingston, wo waren sie in der besagten Mordnacht?"
„Ich kümmerte mich um meine Mädchen."
„Ihre Mädchen?"
„Ja!"
„Was genau sind ihre Mädchen?"
„Sie arbeiten in einem Escort Unternehmen."
„Und was genau tun sie , wenn sie sich um ihre Mädchen kümmern?"
„Ich sorge dafür, dass die Kunden ihnen nichts antun!"
„Haben sie das auch in der besagten Nacht getan?"
„Ja, Sir."
„Wo genau waren die Mädchen, und welche?"
„Angie! Hotel Santo´s!"
Ich muss lachen..
So ein Lügner...
„Ist es nicht eher möglich, dass sie mit den Mädchen, die sich Bambi und Piper nennen, im Hotel hinter der Santana-Bar waren?"
„Nein, Sir!"
Der Anwalt nickt und holt sich ein Blatt Papier.
„Ich habe hier die schriftliche Aussage des Managers, der bezeugte, dass sie zwei ihrer Mädchen dort abgesetzt haben."
Er gibt das Blatt dem Richter.
„Da hat er sich am Tag geirrt," grinst Boris dem Richter zu.
„Nein, er ist sich sicher das es der Richtige ist," konfrontiert unser Anwalt, Boris.
Boris wendet sich der Jury zu,
„ich war dort, aber am Tag zuvor."
Unser Anwalt, Mr. Mardi, setzt sich auf seinen Platz und richtet Boris einen ernsten Blick entgegen.

„Wo sind die Mädchen jetzt?"
Boris sieht mir in die Augen.
„Zwei Mädchen die sich als Cinnamon und Peaches vorstellten, haben sie frei gekauft und sie sind gegangen."
Ich könnte platzen vor Wut.
„Ist es nicht eher so, dass sie vor Angst geflüchtet sind?"
„Vor Angst, Sir?" fragt Boris scheinheilig.
Mr, Mardi tritt an Boris heran und erhöht seine Stimmlautstärke,
„vor Angst, dass ihnen etwas passieren könnte, wenn sie aussagen, das sie Mr. Lewingston, das Opfer Mr. Jacobs erschlagen haben?"
Boris grinsen geht durch Mark und Bein,
„das denke ich nicht,Sir."
„Und warum denken sie das?"
„Weil ich nicht anwesend war, Sir!"
Mr. Mardi wendet sich an die Geschworenen.
„Ich berufe mich auf das Schriftstück und rufe als nächstes den Manager in den Zeugenstand, keine weiteren Fragen."
Er setzt sich an seinen Tisch, Lucas flüstert ihm etwas ins Ohr und er verneinte.
„Ihr Zeuge Hr. Staatsanwalt," gab der Richter das Wort weiter.
„Mr. Lewingston, was meinten sie mit sie wurden frei gekauft?"
„Wie ich es sagte, sie wurden frei gekauft,"
grinst Boris erneut.
„Sie sagen also es ist so einfach?"
„Natürlich," lehnt sich Boris nach vorne,
„Madame Teresa bekam 1000 Dollar und die Mädchen wurden aus ihrem Vertrag entlassen."
Ich sehe Sam an, wir ahnen schlimmes.
„Wer genau hat die Mädchen frei gekauft?" fragt der Staatsanwalt weiter.
„Sie stellten sich als Cinnamon und Peaches vor!"

Der Staatsanwalt holt ebenfalls ein Blatt Papier.
„Laut der Aussage von Mr. Fox, euer Ehren handelte es sich bei den besagten um Samantha James und Hannah Smith."
Der Richter nickt,
„sind die Damen heute anwesend?" werden wir gefragt.
Wir stehen auf,
„Ja, euer Ehren!"
Lucas sieht mich an, ich kann ihm nicht in die Augen sehen.
„Sind dass die Mädchen, Mr. Lewingston?" fragt der Staatsanwalt.
„Ja, Sir!" nickt Boris.
„Sie können sich wieder setzten," gab der Richter zu verstehen.
Immer noch sieht Lucas mich an, immer noch weiche ich seinem Blick aus.
„Also für mich sieht das so aus als hätten Ms. James und Ms. Smith sich eine perfekte Zeugengeschichte zurecht gelegt?" wendet sich der Staatsanwalt an die Jury.
„Versucht, Sir," grinst Boris.
„Keine weiteren Fragen!"
Als der Manager in den Zeugenstand gerufen wurde, war er sich auf einmal nicht mehr so sicher, welcher Tag genau Boris die Mädchen brachte.
„Wenn sie sonst keine Zeugen haben, Hr. Anwalt?" wird Mr. Mardi vom Richter gefragt.
Er verneinte.
„Gut. Dann ziehen wir uns zum Essen zurück. Wir sehen uns um 14 Uhr wieder," unterbricht der Richter die Verhandlung.
Erst jetzt kann ich Lucas ansehen und erkenne die Tränen in seinen Augen.

Nach der Essenspause werden Anwalt und Staatsanwalt wieder in den Richterraum bestellt. Als sie heraus kommen, lächeln beide. Mr. Mardi kommt auf mich zu,
„alles wird gut, Ms. Smith."

Nervös folgen wir ihm in den Verhandlungssaal.
„In der Mittagspause hatte ich eine anregende Unterhaltung mit Zwei Damen die mich besuchten," erzählt der Richter.
„Der Staatsanwalt ist damit einverstanden dass wir sie noch als Zeugen zulassen. Bitte Hr. Anwalt."
Mr. Mardi steht auf und lächelt mich an.
„Ich rufe Ms. Sofia Fisher in den Zeugenstand."
Bambi denke ich als sie an mir vorbei läuft.
Sie erzählt ihre Version der Geschichte, wie sie versuchte Lucas zu helfen und wie er ging als Hank noch lebte. Wie sie geschlagen wurde und Boris eingriff. Wie sie mit ansah, wie Boris zuschlug und Hank Regungslos am Boden lag.
„Überall lief das Blut auf den Boden," schluchzt sie.
„Er hatte ein riesiges Loch im Kopf."
„Was geschah als sie wieder bei Madame Teresa waren," wird sie gefragt.
„Sie gab mir ein Beruhigungsmittel und ich schlief ein, als ich wieder aufwachte, war ich in der Anstalt."
Ihr Blick fiel auf mich.
„Sie setzten mich unter Drogen, damit ich nicht sprechen kann."
„Wie sind sie aus der Anstalt wieder heraus gekommen?"
Sofia wischt sich die Tränen aus dem Gesicht.
„Die Polizei brachte mich in eine Klinik."
„Und warum sind sie aus der Klinik abgehauen?" fragt Mr. Mardi
„Ich hatte Angst, habe mitbekommen wie Boris versuchte mich zu besuchen. Aber die Schwester lies niemanden zu mir."
Sie dreht ihren Kopf zu dem Richter,
„ich hatte die Befürchtnis er würde mich töten und schlich mich in der Nacht weg."
„Danke Ms. Fisher, keine weiteren Fragen."
Der Staatsanwalt steht auf,
„Ms. Fisher, wann hatten sie das erste Mal Kontakt zu Ms.

Smith?"
Er zeigt auf mich.
„In der Klinik, sie erzählte mir, dass Piper, ich meine Victoria ihr alles erzählte und bat mich vor Gericht auszusagen."
„Keine weiteren Fragen euer Ehren."
Überrascht erhasche ich seinen Blick. Er zwinkert mir zu.
„Was soll das denn?" fragt mich Sam, die genau so überrascht zu sein scheint.
Sofia durfte gehen. Bein hinauslaufen lächelt sie Lucas zu.
„Als nächstes rufe ich Victoria Brown in den Zeugenstand," fährt Mr. Mardi fort.
„Piper ist auch hier?" flüstere ich Sam zu.
Victoria nimmt Platz.
„Erzählen sie uns bitte ihren Teil der Geschichte?" wird sie aufgefordert.
Sie erzählt was sie uns im Hotel erzählt hatte.
„Als ich ging kam mir die Idee, ich könne die 5000 Dollar nehmen und untertauchen. Mich verstecken!"
Sie sieht den Richter an,
„ich schwöre euer Ehren, ich wurde nicht bestochen dies Auszusagen,"
sie dreht sich zur Jury um,
„sie gaben mir das Geld, damit Madame Teresa keinen Verdacht schöpft."
Lucas' Anwalt hält einen Plastikbeutel mit Geldscheinen hoch.
„Ich lege Beweismittel 125 dem Gericht vor."
„Es sind nur noch 4750 Dollar, euer Ehren, ich kaufte mir ein Flugticket," ergänzt Piper.
„Warum haben sie uns das Geld überlassen, Ms. Brown?" fragt der Richter.
„Um zu beweisen, dass ich nicht gekauft wurde."
Der Staatsanwalt hatte nur eine Frage,
„Was hat sie bewegt, doch hier auszusagen?"
„Ms. Smith! Sie hat alles mögliche getan um zu beweisen, dass

ihr Freund unschuldig ist. Ich könnte nicht damit leben zu wissen, dass er nicht der Mörder ist, und trotzdem verurteilt wurde."
„Danke," flüstere ich als sie an mir vorbei läuft.

Nach dem Plädoyer zieht sich die Jury zur Beratung zurück. Ich sitze im Flur und jede Minute kommt mir wie eine Ewigkeit vor.
Mr. Mardi tritt an mich heran.
„Ms. Smith, egal wie dies ausgeht, ich finde es beeindruckend was sie alles getan haben!"
„Danke," nicke ich.
Nach Zwei Stunden ist die Jury fertig. Wir werden alle aufgefordert wieder im Verhandlungssaal Platz zu nehmen. Die Jury betritt den Raum und reicht dem Richter einen Zettel. Nach dem Lesen, sieht er in die Runde.
„Wie hat die Jury entschieden?"
Ich halte den Atem an.
„Die Jury befindet den Angeklagten Lucas Summers für.."
Alles ist still, keiner sagt ein Wort. Lucas steht. Ich sehe dass er angespannt ist. Clark drückt seine Daumen. Mia und Sam halten meine Hand. Mein Herz pocht so laut dass ich es in meinen Ohren spüre. Ich schließe meine Augen.
„ ..nicht schuldig!" höre ich die Jury sagen.
Reiße meine Augen auf,
„hab ich richtig verstanden?"
Sam und Mia umarmen mich.
Lucas lässt sich auf den Stuhl fallen und nimmt seinen Kopf in die Hände. Sein Anwalt klopft ihm auf die Schulter und schüttelt die Hand des Staatsanwaltes. Clark rennt zu Lucas und drückt ihn, sieht mich dabei an.
Meine Augen füllen sich mit Tränen als Clark auf mich zu läuft.
„Er darf gleich gehen, Hannah! Er muss nur noch ein paar

Papiere unterzeichnen!"

Ich warte seit 30 Minuten vor dem Gerichtsgebäude als Lucas mit Clark und seinem Anwalt das Gebäude verlässt. Wortlos steht er vor mir. Ich sehe ihm an, dass er verärgert ist.
„Wie soll ich dich jetzt nennen?" fragt er mich.
„Peaches? Angel? Susan?"
„Hannah, einfach nur Hannah!" antworte ich.
Clark reicht ihm grinsend eine kleine Schachtel.
„Wie wäre es mit Mrs. Summers?" höre ich aus Lucas Mund.
Sehe ihn fragend an.
Er öffnet die Schachtel und ein Ring funkelt mir entgegen.
Lucas kniet sich vor mich,
„Willst du mich heiraten, Hannah?"
Küssend falle ich ihm um den Hals....

Clark läuft zum Briefkasten und leert unsere Post.
„Eine Karte von Hannah und Lucas,"
sagt er zu Mia und reicht sie weiter.

„Grüße aus den Flitterwochen," ließt sie vor,
„die Karibik ist herrlich, die Sonne scheint den ganzen Tag, vermissen euch!"

unterzeichnet ist die Karte mit

Mr + Mrs Kaugummi